'참 나'를 찾는

_____ 님께

_____ 드림

그저… 바라보기

지은이 이형록
펴낸이 김용태 | **펴낸곳** 이룸나무

편집장 | 김유미 **편집** | 장민석
마케팅 출판마케팅센터 조영환 | **디자인** YYCOM
초판 1쇄 인쇄일 2012년 6월 20일
초판 1쇄 발행일 2012년 7월 15일
주소 130-823 서울특별시 동대문구 용두동 236-1 대우아이빌 101동 106호
전화 02-3291-1125 **마케팅** 031-943-1656 **팩시밀리** 02-3291-1124
E-mail iroomnamu@naver.com
출판 신고 제 305-2009-000031 (2009년 9월 16일)
가격 14,000원
ISBN 978-89-967899-3-2 03810

iROOMNAMU

요가 철학자 이형록 박사의 바라봄 치유명상 노트

그저...
바라보기

이룸나무

'놓는다'는 생각도
놓아버리고,

'버린다'는 생각도
버려버리고,

'비운다'는 생각도
비워버려라!!

'참 나' 바라보기

인간의 내면은 무엇으로 구성되어 있는가?

영국의 저명한 외과의사는 "뇌를 아무리 수술해도 성신을 찾을 수 없었다."라고 했다. 농담 같지만 사람의 정수에 대한 절실한 의문이다.

그 내면을 찾기 위해 젊은 날 많이 사유하고, 아파했다. 그러던 1992년 6월 여름날, 인도행 비행기에 몸을 실었다. 영혼의 나라, 철학의 나라로 유학을 떠났다. 델리대학교에서 몇 개월 공부하다가 떠난 여행길에서 바라나시를 만났다. 캘커타에서 바라나시로 가는 이른 새벽, 기차 창문 너머로 한 폭의 수채화 같은 도시를 눈앞에 마주쳤을 때 나는 황홀했다. 그 도시는 나의 인생을 완전히 바꾸어 놓았다.

지금도 바라나시 기차역에 첫발을 내딛던 순간이 생생하다. 역사에 널브러져 있던 춥고 배고픈 이들의 모습은 인도에 처음 발을 딛었던 뭄바이의 천막촌보다 더 처참했다. 차창 너머로 펼쳐지던 수채화 같은 도시는 그렇게 큰 아픔을 품고 있었다. 지저분하고 시끄러운 풍경 속에서 나는 혼돈을 느꼈다. 묘하게도 그 혼돈의 상황이 나를 편하게 만들었다. 아마도 그 무렵, 내 스스로가 혼돈 덩어리였기에 일체감이 들었는지도 모른다.

쉬와의 초승달처럼 구불거리는 강가의 새벽 일출, 마니까르니까 화장터에서의 삶과 죽음의 경계를 일주일 동안 몸으로 느끼다가 나는 바라나시 힌두대학교

인도철학 및 종교학과로 학교를 옮겼다.

　인도에서는 스승을 잘 만나면 성공한 것이라 한다. 그곳에서 나에게 철학과 요가의 정수를 깨우쳐주신 까믈라까르 미슈라(Kamlakar Mishra) 교수님을 만났다. 또 영혼의 구루, 스와미 마우니 바바지(Svami Mauni Babaji) 님으로부터 실천적 수행법과 영혼의 지혜를 전수받았다.

　수행의 길에서 바른 스승을 만나기란 쉬운 일이 아니다. 바른 길을 안내해줄 스승을 누구나 절실히 바란다. 요가 수행자는 요가를 완전히 성취하기 위해서 훌륭한 구루와 함께 있어야 하고 진리의 도반으로서 유기적 관계가 맺어져야만 한다.

　인도에서 스승을 만나 가르침을 받은 것만으로도 행복하다. 깨우쳤든 그렇지 못했든 그것은 중요치 않다. 그러한 스승 아래에서 함께 존재했던 것만으로도 행복하다.

　까믈라까르 미슈라 교수님은 학교보다 당신의 집에서 수업 하기를 좋아하셨다. 함께 차도 마시고 여담도 나누다가 힘들면 엎드리거나, 옆으로 기대어서 수업하셨다. 우리들도 그렇게 편한 자세로 수업받기를 원하셨다.

　낯설어하는 내게 스승은 이렇게 말씀하셨다.

　"가르치는 자가 편하게, 쉽게 가르치기 위해서는 가르침을 받는 자가 먼저

편해야 한다. 너희들이 가장 편한 자세로 수업에 참석해야 나도 가장 쉽게, 편하게 강의할 수 있기 때문이다."

영혼의 구루인 스와미 마우니 바바지 님이 살던 한적한 시골 마을인 무르다하의 아슈람도 내 영혼을 살찌운 곳이다. 스승님은 아픈 병자들에게 먼저 질문할 기회를 주셨다. 그 다음은 노약자, 멀리서 온 사람의 순이었다. 부자와 권력자, 힘 있고 건강한 우리 젊은이에게는 질문할 기회를 주지 않으셨다. 4년 반이라는 세월이 흐를 때까지 나는 한 번도 질문해본 적이 없었다.

어느 날 늦은 오후, 햇살이 들녘에 눈부시게 흩어질 때, 한 시골 여인이 남루하고 초췌한 몰골로 아들의 다친 발목을 어쩌지 못해 울고 있었다. 아유르베다 박사이기도 한 스승님은 처방전을 써주며 그 아들에게 건강의 축복기도를 해주셨다. 인도는 자기의 능력에 맞게 기부하는 관습이 있기에 그 누구도 돈의 많고 적음을 따지지 않는다. 가난한 그 여인은 연신 머리를 꾸벅이다 가지고 있던 1루피(약 25원 정도)를 기부금 박스에 넣었다. 그 모습을 바라보던 스승님은 총무를 불러 500루피를 가져오게 하셨다. 그러고는 여인에게 돈을 건네며 말씀하셨다.

"그대는 지금 처방전을 갖고 병원에 가서 약을 살 돈도 없거늘, 가지고 있는 돈 전부를 기부해버리면 어떻게 약을 살 것인가? 지금 그대에게 중요한 것은 고마움을 드러내는 일이 아니라 쌀을 사서 아들에게 배불리 먹이는 것이다. 이 돈으로 약을 사고 쌀을 사라. 나는 그대에게 1루피를 받았으나 500루피를 받은 것보다도 더 큰, 그대의 진솔한 마음을 받았다."

자리에 있던 모든 사람들은 스승의 사랑에 감복하였다. 다른 선생들은 이순간 어떻게 하였을까? 고작 1루피밖에 내지 않는다고 눈살을 찌푸리거나, 더 받으려고 그 여인에게 손을 내밀었을지도 모른다.

스승은 언제나 우리와 눈높이를 같이 하시기 위해 따로 상을 받지 않았다. 늘 바닥에 둥그렇게 함께 앉아 식사를 하셨다. 어느 날 식사를 하러 주방에 들어가려는데 낯선 개가 우리를 위해 준비된 짜빠띠(우리나라의 밀떡 같은 인도의 주식)를 입에 물고 문밖으로 나서려 하고 있었다.

그 모습을 바라보던 스승은 사브지(채소로 만든 걸쭉한 양념) 통에 담겨 있던 국자를 잡았다. 개가 물고 있던 짜빠띠를 바닥에 떨어뜨리고는 줄행랑을 쳤다. 저만치 도망가는 개를 쳐다보며 스승님은 안타까운 목소리로, "짜빠띠만 먹으면 목이 막힐 것 같아 양념도 떠주려 했는데 너를 때리려는 것으로 오해를 했구나. 내가 좀 더 조심할 것을… 미안하구나. 낯선 개야."라고 말씀하셨다.

그 순간 깨달았다. 스승의 사랑이 인간뿐만 아니라 짐승에게도, 모든 존재하는 대상들에게도 평등하게 나눠지고 있음을 말이다.

인도를 떠나기 얼마 전 스승님은 어쩐 일인지 그날따라 얼굴에 만연의 미소를 머금고 나를 반기면서, 많은 사람들 중에서 제일 먼저 내게 질문할 기회를 주셨다.

"왜 그동안 한 번도 내게 질문 하지 않았는가?"

"……"

자리에 함께한 이들도 의아해했다. 한 번도 스승이 그 누군가에게 질문을 먼저 던진 적이 없었기 때문이다. 언제나 눈짓으로, 손짓으로 지목했고, 그래야만 질문을 할 수 있었기 때문이었다. 나는 어렵사리 말문을 열었다.

"스승님! 저도 4년 동안 애절히 질문 드리고 싶었고, 질문거리를 공책 두 권이가득 차도록 적어놓았습니다. 그런데 스승님이 먼저 질문하시게 될 줄은 몰랐습니다. 왜 스승님이 제게 질문할 기회를 주지 않으셨는지 이제 알 것 같습니다. 질문하지 않아도 그동안 많은 사람들이 저 대신 많은 질문들을 해주었고 그 해답을 다 들었으니 더 이상 질문드릴 것이 없습니다. 아마도 있다면 이제는 제 스스로에게 물어야 할 것 같습니다."

대답이 끝나자 스승님은 나의 머리에 축복의 손길을 올리며 이렇게 이야기 하셨다.

"이제 그대의 모국으로 돌아가야 할 때가 되었다. 가서 그대가 깨우친 요가의 정수를 함께 나누어주는 전도사가 되기를 바란다. 그것이 그대의 사명이라고 생각하고 늘 정진하기를… 하리 옴!"

나는 오체투지하며 스승님의 발에 입을 맞추었고, 그 축복을 받으며 한국으로 돌아왔다.

그 이후 나는 부족하지만 스승의 일거수일투족을 닮고자 노력했다. 스승의 은덕으로 대학에서 요가과 교수를 지냈고, 지금은 지리산 자락 마하샨띠 아슈람에서 요가와 명상을 전하는 안내자로 하루하루를 보내고 있다.

지난 이야기를 장황하게 쓴 것은 인도에서 내게 가르침을 준 스승들처럼 세상 모든 이들에게 평화와 사랑을 전하고 싶기 때문이다. 요가철학자로서 살아온 지난 세월 동안 세상을 거닐다가, 눈에 마주친 세상 풍경을 보면서 떠올랐던 생각들을 《그저… 바라보기》라는 책으로 묶은 것도 이런 이유이다.

자신의 내면 모든 것을 그대로 바라보는 깊은 통찰과 직관은 '참 나(Atman)'와 마주하는 지름길이라고 생각한다.

자신의 내면을 바라보기 하는 것에 갈급한 모든 분들께서 이 책으로 통찰과 직관하는 계기가 된다면, 필자는 더없는 영광이 될 것이다. 한 줄, 한 줄 읽고 손으로 짚으면서 '글 명상'의 기쁨에 젖어드는 분이 많아진다면 그것으로 충분하다.

'놓는다'는 생각도 놓아버리고,
'버린다'는 생각도 버려버리고,
'비운다'는 생각도 비워버리라!!

독자 여러분께 전하고 싶은 바람은 또 있다. '그저… 바라보기'하는 맑은 영혼이 되라는 것이다. 필자의 글을 다듬어준 이룸나무 출판사 편집부 직원들께도 이 자리를 빌어 감사의 말을 전한다.

진리와 함께하기를… 옴 따뜨 사뜨!

2012년 초여름
지리산 마하샨띠 아슈람 사마디 홀에서
이 형 록

| 목차 |

그저… 바라보기

* 책에 소개된 산스끄리뜨어는 현지 표기 발음을 따랐습니다.

제 1부

놓는다는 생각도 놓아버리고

자연이 그리운가, 삶이 충만한가

사진 찍기를 좋아해서
수시로 카메라를 들고
길을 나섭니다. 어느 날
한 줄기 물줄기를 렌즈로
클로즈업 했더니, 셀 수 없이
많은 물방울들이
모여 있었습니다. 그 작은
물방울 안에는 또 얼마나
놀라운 것들이 숨어 있을지…

그저… 바라보기

자연이 그리운가, 삶이 충만한가

벌이 처마 밑에 집을 지었습니다. 주인 허락도 없이 말입니다. 육각형 방마다 꿈틀거리는 생명, 유충을 고이 들여놓고 이른 아침부터 분주히 꽃가루를 실어 나릅니다.

처마 아래 벌들은 자기가 주인이라고 생각합니다. 그 자리를 임차료 없이 그냥 내주기로 했습니다. 나도 자연으로부터 자리를 빌리고 있으니까요.

올해도 예쁜 풀꽃이 피어났습니다. 지리산 아슈람 담벼락에 해를 거르지 않고 꽃을 피웁니다. 추운 겨울을 감내하고 피어난 그 꽃들에게 이름을 붙이고, 사랑을 해주는 것은 우리가 할 일입니다.

사진 찍기를 좋아해서 수시로 카메라를 들고 길을 나섭니다. 어느 날 한 줄기 물줄기를 렌즈로 클로즈업 했더니 셀 수 없이 많은 물방울들이 모여 있었습니다. 그 작은 물방울 안에는 또 얼마나 놀라운 것들이 숨어 있을지…

내면의 있는 그대로를 바라보는 일. 깊은 통찰(insight)과 직관(intuition)만이 작은 물방울 속에 있는 또 다른 무엇을 찾을 수 있게 합니다. 내면에 존재하는 사물의 진면목은 '통찰(洞察)과 직관(直觀)'으로만 알아차릴 수 있습니다.

사물의 진면목을 있는 그대로 알아차림 하는 통찰과 직관의 형식을 '명상(冥想, meditation, Dhyana)'이라고 말할 수 있습니다.

♥

"명상은 그 무엇도 줄 수 없는 것을 준다. 이는 스스로에게로 안내한다."

스와미 라마는 스스로에게 안내하는 것을 명상이라고 말합니다. 지금 우리는 매우 빠른 속도로 변화하는 문명에 적응하기 위해서 지각이나 감성, 마음, 행동 등이 마치 외부의 작용에 자동 반응하는 감각적인 기계처럼 변해갑니다. 비인간화 현상을 가속화시키고 있습니다. 그런 삶을 살다 보니 알게 모르게 허무, 불안, 좌절, 실패 등을 경험하게 됩니다.

명상은 이러한 인간 존재 현상의 부정적 측면을 바로잡고 세계를 있는 그대로 바라보게 하며, 인간의 행동양식을 지배하는 내적 자아를 발견, 성찰하게 해줍니다. 또 우리의 육체와 정신의 긴장을 완화시키고 안정을 가져다줍니다. 더 나아가 지금까지 굳어져 온 기계화된 사고와 행동을 재조정해서 삶의 전체적인 조화를 이루게 합니다. 현대인 모두에게 긍정적이고 안정감을 주는 필수적인 수행법이라고 말할 수 있습니다.

'명상'이란 한 생각이 온 사유 안에 가득 차서 다른 생각(잡념)이 그 한 생각을 방해하지 못하는 '상태'입니다. 명상하는 자와 명상 대상, 그리고 자각하는 과정(인식)이 하나로 몰입된 상태입니다.

♥

고대 인도 현인들은 인생의 궁극적 목표를 얻을 수 있는 확고한 길을 명상을 통해 보여주었습니다. 명상법을 통해 그들은 욕망과 세속적 안락을 초월해 인생의 완성을 이루었습니다. 명상법은 성자이자 스승인 위대한 선지자들이 전해준 것입니다. 인도의 현인들은 명상은 인간의 의식에 직접적으로 영향을 미치는 창조적

그저… 바라보기

인 힘이라고 설명합니다.

명상은 개인의 현재 상태를 더 높은 차원으로 이끌어주는 잠재적인 힘 또는 에너지라고 할 수 있습니다. 명상을 통해 인간은 그 자신의 진정한 본질과 궁극적인 우주의 진리를 깨닫게 된다.

그러한 인간과 우주의 합일, 인간 본연의 '참 나(Atman)'를 경험하기 위한 길이 요가 명상의 목적이라 할 수 있습니다.

올바르게 명상에 들기

첫째, 늘 침묵과 고요를 유지하세요.

둘째, 같은 시간, 같은 장소를 이용하십시오.

셋째, 긴장을 풀 수만 있다면 어떤 자세를 취해도 좋습니다.

넷째, 숨을 자연스럽게 내쉬고, 혀는 가만히 놓아두세요.

다섯째, 몸이 차가워지지 않도록 보온을 유지하십시오.

여섯째, 어떤 기대나 결과를 바라지 마십시오.

일곱째, 인내심을 가져야 합니다.

여덟째, 초심을 유지하십시오.

아홉째, 명상에 대한 신념과 확신을 가지십시오.

열째, 모든 것을 수용하고 포용하십시오.

열한째, 두려움이나, 놀람, 자만심을 멀리하세요.

열두째, 경직된 모든 것을 그저 놓으십시오. 그저, 바라만 보십시오.

일상에 치여 하늘이 어떻게 생겼는지 기억나지 않는다면
지금 고개를 젖혀라. 하늘은 그 작동 방식을
이해하지 못하는 이들에게도 쉼표를 배달한다.

힘껏 팔을 뻗어 하늘을 가리려 했는데 하늘이 오히려 나를 감싼다.
그런데도 손바닥만으로 하늘을 가리려는 이가 많다.

그 무엇을 위로 던져도 하늘은 자기 것을 만들지 않는다.
땅은 하늘이 되돌려준 모든 것을 기꺼이 받아들인다.
하늘의 무소유도, 땅의 포용도 마음먹기에 따라
'거절했다', '가로챘다' 할 뿐이다.

멍하니 젖어 있으니 그리움이 밀려온다. 정의할 수 없는
하늘빛 그리움. 걷고 싶은 하늘이다.

인간과 자연의 조화는 같은 색을 띠는 것.
인간이 자연을 닮을 때 편안하고 자연스럽다.
자연 없이 인간만 있을 때 불안하고 부자연스럽다.
자연이란 스스로 그러한 것이다.
그래서 자연이다.

자연의 색을 똑같이 흉내 낼 수 없듯이 인간의 마음도 그러하다.
자연의 색이 신비롭듯이 인간의 마음도 매한가지다.
신비로워서 아름답다. 신비로운 에메랄드빛 하늘과 노을.
그래서 터키블루란 말이 생겼을까?
동양의 '신비로움'과 서양의 '문화적 색채'가
비잔티움이라는 동서양의 문화로 조화롭게 어우러졌다.
그래서 더욱 아름답게 느껴진다.
균형과 조화의 자연 앞에서 숙연해진다.
우리네 마음도 균형에 이를 때 고매한 향기를 낸다.

자연의 물감은 제 몸이고 붓도 제 몸이다.
충만과 여백이 블랙홀처럼 빨려든다.
구름은 희고 하늘은 푸르다! 자연은 제 스스로 그림이 된다.

인위와 자연 사이를 갈라놓으려 할 때 번뇌를 경험한다.
빛을 가둘 수는 없을까. 빛을 포획하려는 건방진 몸짓에도
자연은 너그럽다. 빛은 빛대로, 사진은 사진대로
나란히 놓아둔다. 빛이 그저 함께 있음을 깨닫는다.

보랏빛이 드세 보이는 이유는
풀꽃의 강인한 생명력 탓이다.
지리산의 추운 겨울도,
지독한 더위도 아랑곳없이
때만 되면 저렇게
예쁜 빛깔의 꽃을 피운다.
강인한 생명력은 환경에
굴하지 않는다.
어쩌면 고통을 스스로 감내하고
있는지도 모를 일이다.
그저 풀에 불과하던 잡초가
강인한 생명력으로
'풀꽃'이란 이름을 쟁취했다.

빗물 알갱이가 온몸에 파고든다.
마음에 구름이 끼고 비도 온다.
마음이니까 마음대로 해야 한다.
비구름을 멀찌감치 치우고
마음을 말렸더니 금세 창공이다.
눈과 마음에 되새기고 싶은
장면들을 창공에 펼쳐본다.

스쳐가는 바람, 스쳐갈 바람에도 감은 여전히 제자리를 지킨다.
가을은 감을 익히고, 감은 오늘을 축적해 가을을 익힌다.
나는 잘 익고 있나, 감처럼 제 몫을 하고 있나?

가을볕이 빈 가슴에 머문다. 떨어지는 은행잎처럼
그저 놓으면 되는 일을 덜 익어서 놓지 못한다.
전선에 걸린 황혼처럼. 내가 잘 익고 있기나 한지?
땅에 떨어져 제 몸이 썩어야 밑거름이 된다.
수많은 생명을 키우는 새 생명이 되는 것을 두려워하지
말아야 한다. 기쁨으로 받아들여야 한다.
새 생명이 되는 것은 죽음으로써 가능한 일이다.
죽음은 사라짐이 아니라 새로이 거듭나는 것이다.

은행잎 위로 겨울비가 내린다. 가슴에 떨어진 한 방울,
불편해하거나 무거워하지 않고 붙잡아둔다.
나무는 자신을 도끼로 찍어 넘어뜨리는 나무꾼 머리 위로
오히려 웃으며 떨어진다. 온몸으로 단풍잎 비를 뿌린다.
깊게 패인 상처로 땅바닥이 붉고 노랗게 채색되었다.

놓는다는 생각도 놓아버리고

바라나시의 여신 강가(Ganga)가 나를 유혹한다.
20년 전이나 오늘이나 해는 언제나 같은 모습, 같은 빛으로 존재하지만,
그곳의 일출이 같은 풍경이었던 적은 없다. 바라보고 있는 내 마음도,
내 가슴도 한결같지 않다. 그래서 한결같기를 늘 소망한다.

사막은 오아시스가 있어 아름답다지만,
마을이 있어 더 아름답다.

청학동에서 송광사 가는 길. 여러 갈래가 있다.
어느 날 쉬엄쉬엄 국도를 가다
사진 찍기 유혹을 뿌리치지 못할 경관과 마주했다.
하지만 마음에 담아둘 눈이 부족하여
카메라를 들지 못했다. 우수(憂愁)와 여수(旅愁)를
눈과 마음에 담고 말았다.

거미줄은 거미인가, 아니면 거미를 떠난 물질일 뿐인가?
금목걸이도, 금반지도 금일 따름이다. 바다에서 떠온
한 동이 물은 바닷물이지만, 얼음도 수증기도 실체는 물이다.
우리는 나에게서 나오는 내 삶의 결과물로만 집을 짓고,
거미처럼 그 안에 머문다. 그 집은 나의 반영이다.
거미줄처럼 복잡하게 얽히고설킨 인연법. 번뇌의 고리에서 벗어나
아름다운 인연으로 승화하려면 실체를 보는 직관력이 있어야 한다.
얼음은 시리고 물은 시원하지만, 결국은 물이다.

맑고 투명한, 곧 흘러내릴 것 같은 가녀린 이슬도
개미에게는 징검다리이다. 개미의 유희(遊戲)이다. 우울증 환자나
외로움에 젖은 이들에게는 '개미환상'이 일어난다.
공동생활을 그리워하는 증상이다.
개미는 함께함으로써 유희를 만든다.

호랑나비의 안주처가 된 꽃잎이 힘겨워한다.

날개 사이로 빛이 투과되어 다른 색을 입힌다. 보잘것없는

존재의 가벼움을 못 견디고 바들바들 떤다.

"삐뚤삐뚤 날면서도 꽃송이 찾아 앉는 나비를 보아라. 마음아"

함민복의 시 〈나를 위로하며〉 한 구절을 떠올린다.

하늘에 구름만 두둥실 떠다니는 것은 아니다.

고요한 산도 잔잔한 물에 두둥실 떠다닌다.

나의 삶도 나의 마음도 그리 자연스럽게 흘러갈 수 있다면

구름 위를 나는 듯 자유로울 텐데…

마음이 평안하고 고요할 때,

진정한 내 모습을 명상해본다.

가지가 여러 갈래로 자라나 기둥이 되고 뿌리가 되는

나무가 있다. 거꾸로 자라는 나무, 반얀트리(Banyan tree)는

여러 그루처럼 보이지만 하나이다. 수백 년이 지나면

나무 하나가 숲을 이룬다. 땅 위로 보이는 가지보다, 땅 속으로 들어가

뿌리가 되는 가지가 더 아름답다. 사람도 마찬가지이다.

영성(靈性)의 나무는 '위로', '외부'로가 아니라,

'아래로', '내면'으로 자라야 한다. 내면에서 꽃을 피워라!

거꾸로 자라는 나무, 반얀트리처럼.

신들이 바위를 갖고 놀다간 놀이터,
이곳의 교통수단은 작은 쪽배이다. 함삐(Hampi).
쪽배를 가지고 뱃놀이한 걸 보면 신들도 안빈낙도(安貧樂道)를 즐겼다.
그곳이 어디든 물처럼 바람처럼 유유히 흘러간다.
자연을 벗 삼는 일. 쪽배만으로도 넉넉하다.

시멘트 위에도 꽃이 피어나듯, 내 척박한 마음에도 영성의 꽃이 핀다.
세상 모든 이들에게 부처님의 말씀이 바람에 실려 전해지기를…
이타행(利他行)의 공덕! 마음의 꽃이 핀다.

단 한 번 비상(飛上)을 위해 그리도 많은 발돋움이 필요했을까?
물오리들이 그려낸 그림에는 자연의 진실이 담겨 있다.
그들이야말로 뛰어난 화백이다.

그저… 바라보기

영혼이 살찌는 길

가슴에 고통을 지니지 않은
사람은 없습니다.
너무나 상처를 받은 나머지
'가슴'이란 말만 들어도
마음이 아파오기도 합니다.
하지만 슬픔이나
불행을 결코 정당화해서는
안 됩니다.

그저… 바라보기

영혼이 살찌는 길

바위산을 뚫어 수십 개의 굴로 조성한 남인도의 대표적인 석굴, 엘로라와 아잔따. 거대한 하나의 바위였지만 지금은 석주 기둥과 천장으로 구분이 됩니다. 갈비뼈 같은 천장은 기하학적 대칭이 멋스러워 세계적으로 주목받습니다. 갈비뼈 구조가 마치 몸 안에 들어온 듯 신비한 느낌을 줍니다.

이 아름다운 석굴을 만들던 석공의 마음은 어떠했을까요? 정을 무수히 쪼아가며 세월을 엮는 기분이 들지 않았을지. 그의 종교적 열의가 참으로 대단합니다. 불가사의한 의지와 인내로 뭉쳐져 있지요. 석공의 섬세한 손동작을 상상해 봅니다. 그가 움직인 것은 정에 불과하지만 드러난 것은 내면의 아름다움이었습니다. 고통을 끊임없이 감내할 때 이렇듯 내면의 아름다움이 드러나는 것 아닐까요.

수억 명의 인도인은 매일매일 염원하고 기도합니다. 인도에 수많은 현인들이 나타나는 건 신념을 지키기 위한 노력이 하나로 응집되어 전 인도를 뒤덮었기 때문인지도 모릅니다. '진리'를 열심히 먹었더니 '세속'에 대하여는 저절로 금식하게 되더라는 한 수도자의 말이 새삼 존경스럽습니다.

바닷물이 짠 이유는 3%의 염분 덕입니다. 고작 3%가 온 바다를 썩지 않게 만듭니다. 인간은 바다를 닮았습니다. 바다의 템포와 바다의 변덕을 인간도 따릅니다. 인간의 내면에 3%의 의지만 있다면, 97%가 세속적이어도 생을 이어갈 수 있습니다. 당신에게 3%의 의지는 무엇입니까?

명상의 목적은 흐트러진 마음을 한 점에 올려놓고 단 하나의 생각에 집중시키기 위함입니다. 영적인 힘을 자신에게 끌어들임으로써 '참 나(眞我)'를 의식하게 됩니다. 이러한 방법은 점차 내면의 고차원적인 기능을 일깨우면서 인간을 고양시킵니다. 인간은 명상을 통해 자유와 궁극적인 깨우침 그리고 불멸을 얻을 수 있습니다.

가슴에 고통을 지니지 않은 사람은 없습니다. 너무나 상처를 받은 나머지 '가슴'

그저… 바라보기

이란 말만 들어도 마음이 아파오기도 합니다. 하지만 슬픔이나 불행을 결코 정 당화해서는 안 됩니다.

평소 사용하지 않는 가슴호흡을 활성화해야 합니다. 쌓이고 억눌린 고통과 상처를 발산하게 하여 에너지가 원활하게 유통되도록 해야 합니다. 마음에서 연유한 병을 치유하고 가슴을 사랑과 평화로 가득 채울 수 있습니다.

아픔을 없애는 방법으로 가슴치유 명상을 권합니다. 숨을 들이쉴 때는 이 세 상의 모든 불행을 들이마신다고 생각하십시오. 숨을 내쉴 때 당신의 모든 즐거 움과 기쁨, 당신이 가진 모든 축복을 내쉰다고 생각하십시오.

자신을 존재(being)에 쏟아넣고, 세상의 모든 고통을 내면에 받아들이는 순간, 그 고통들은 더 이상 고통이 아닙니다. 가슴이 그 고통의 에너지를 즉각 지고한 행복으로 바꾸어 놓습니다. 숨을 내쉴 때는 무심 상태에서 내쉬는 것이 아니라 당신의 모든 축복을 내쉰다고 생각하십시오.

가슴치유 명상은 이렇게…

시간은 1시간 정도로 잡고, 뱃속에서 듣던 엄마의 심장박동수와 같은 16비트 명상음악을 틀어놓습니다.

1단계 : 느낌만을 철저하게 자각하십시오 (15분)

세상의 모든 불행을 받아들이고, 그것을 가슴 속으로 흡수하기 전에 자신의 현재 고통에 대해 생각합니다. 가장 상처를 준 사람이나 불행, 슬픔, 질투 등 고통과 번뇌의 불길을 강렬하게 느껴봅니다. 당신을 모욕하고 상처를 준 사람이 있다면 분노하지 말고, 다만 그대 안에 떠오르고 있는 느낌들, 거부당하고 모욕받았다는 느낌만을 철저하게 자각합니다.

2단계 : 고통을 철저하고 강렬하게 경험하고, 흡수하십시오 (15분)

1단계를 거치면 자연스레 그 사람만이 아니라 지금까지 당신을 모욕하고 상처 준 모든 사람들이 기억 속에서 떠오릅니다. 현재와 과거 미래의 모든 상처와 고통을 느껴봅니다. 어떤 고통이 일어나든 그냥 그대로 놓아둡니다. 그 고통을 철저하고 강렬하게 경험하는 것은 힘든 일입니다. 가슴이 찢어지는 것 같거나 아이처럼 울음이 터져 나올 수도 있습니다. 너무나 마음이 아파서 땅바닥을 구르거나 몸이 뒤틀릴지도 모릅니다.

가슴속뿐만 아니라 몸 전체에 퍼져 있는 것을 깨닫게 됩니다. 몸 전체에 고통이 느껴질 것입니다. 그 경험을 강렬히 하고 그 고통을 흡수합니다. 고통의 에너지를 빨아들이고 마시면서 그 에너지에 감사를 드리면 더 좋습니다. 그러면서 "이번에는 이 고통을 피하지 않겠다. 거부하거나 버리려 하지 않겠다. 반가운 손님처럼 맞이하여 이 고통을 소화해내겠다."라고 마음속으로 말해보십시오.

3단계 : 음악을 들으며 가슴 명치(아나하따 짜끄라)로 숨을 내쉽니다 (15분)

단지 음악을 따라 가슴 부위로 숨을 내쉽니다. 이 세상에 존재하는 모든 '고통 그 자체'를 느끼는 것은 쉽지 않습니다. 다만 음악을 따라 가슴 짜끄라 부위로 숨을 내쉬다 보면 그곳이 더욱 활성화됩니다. 다른 존재의 고통과 슬픔에 대해 연민을 느끼십시오. 민감성과 공감의 깊이도 더욱 자라납니다. 마음은 더욱 평화로워집니다.

4단계 : 고요히 누워서 받아들입니다 (15분)

눈을 감고 고요히 움직이지 말고 누워서 그대의 몸을 이완하고 수용하십시오. 부드럽고 자연스럽게 에너지(氣)가 몸을 타고 흐를 수 있도록 몸을 편안하게 내맡깁니다. 본인이 에너지를 움직이려고 한다거나 조종하려고 하지 말고 그대로 받아들입니다.

"솥은 검어도 밥은 검지 않다 → 겉만 보고 판단하지 말라."
"솥 속의 콩도 쪄야 익는다 → 힘써 노력하지 않으면
아무것도 이루어지지 않는다."
"솥에 넣은 팥이라도 익어야 먹는다 → 반드시 밟아야 할 절차가 있다."
"팥이 풀어져도 솥 안에 있다 → 손해를 본 것 같지만
따지고 보면 손해를 본 것이 없다."
세상 사는 이치는 일상에서 배워야 한다. 크고 우묵한 가마솥이
서서히 달궈지듯, 내 영혼의 가마솥도 서서히 달궈야 한다.

이른 새벽, 인도 바라나시 앗시 가뜨에는 놓음의 철학,
버림의 철학, 비움의 철학, 느림의 철학,
그리고 바라봄의 철학을 실천하는 이들이 즐비하다.
그들에겐 육체적, 물질적 풍요보다는 영혼의 살찜이 더없는 희열과 행복이다.
버릴수록, 비울수록, 놓을수록, 느릴수록, 내면의 영혼을
더 잘 바라볼 수 있기 때문이다. '놓음, 버림, 비움, 느림, 바라봄'으로
'채움의 철학자'가 된다.

진정한 낚시는 자신을 영성과 초월로 낚아올리는 일이다.
영혼의 낚시꾼이 되자.

눈은 누구에게나 공평히 내린다.
똥과 밤송이 위에도
포근히 내려앉는다. 만물과 만인을
동등하게 사랑한다는 것은
아상과 아집의 자기(ego)를
내려놓는 일이다.
자비의 보살심과 남을 이롭게 여기는
이타행을 진심으로 내어놓는 것이다.
남을 업신여기고 자신을 높이는 것은
아상(我相)이다. 오온(五蘊)이 화합하여
생긴 몸과 마음에 참다운
'나'가 있다고 집착하는 것이다.
아집은 상주불멸(常住不滅)의 실체가
있다고 믿고, 모든 것에 걸려
집착하는 것이다. 어리석은 착심(着心)과,
자기중심의 좁은 생각에
집착하여 자기만을 내세우는 것이다.

말을 할 때는 이해하기 쉽도록 자세히 말해야 한다.
이미 내뱉은 말에는 책임이 따른다.

우리 삶에도 이따금 교정부호가 필요하다.
말에 교정부호를 찍으면 진심을 전달할 수 있고,
행동에 교정부호를 찍으면 후회하는 일이 적다.

소통 없는 삶은 참으로 갑갑하다.
느낌을 표현하라.
인간은 로봇이 아니다.

빈 항아리의 내부는 공간으로 충만하다. 비어 있지만 가득 차 있다.
공간이 공간을 차지한다. 깨진 항아리에 물을 가득 채우려면,
물을 항아리에 부을 것이 아니라 물속에 집어넣으면 된다.
허전한 마음의 공간도 무언가로 채우려 하지 말자.
마음을 '충만의 고요'에 내놓으면 된다. 텅 빈 마음이 '고요함'이고,
고요함의 충만이 '텅 빈 충만'이다. 그 '텅 빈 충만'이 공(空)이다.
텅 빈 곳에 영혼의 울림이 있다. 영혼을
'충만의 고요, 텅 빈 충만'으로 옮기는 방법이 '명상'이다.

어느 정도의 거리를 두어야 바로 볼 수 있다.
살다 보면 대응하고, 대립되고, 대등한 관계를 가지게 된다.

그저… 바라보기

질병이 생명을 잃게 할 수 있지만 영성을 빼앗을 수는 없다.
세속적인 삶이 육신을 더럽힐 수 있지만 내면의 향기를 더럽힐 수는 없다.
누군가 경전을 빼앗을 수 있지만 영적 사유를 훔칠 수는 없다.
사유하라. 영적으로!

하늘이 무너져도 솟아날 구멍이 있다.
지금 내가 머무는 곳이 곧 천국이다.

각자 다른 색깔로 세상을 바라보는 일. 몰개성을 탈피하여
각자의 색깔로 세상 바라보기일까. 아상으로 인한
일체유심조(一切唯心造)인가? 색안경을 끼고 바라보자.

노을에 비친 황금빛 구름. 일출보다는 붉은 황혼이 더 아름답고
가까이 느껴진다. 황혼에 접어든 사람들도 빨간 옷을 즐겨 입는다.
꺼져가는 아쉬움에 마지막으로 온몸을 사르는 촛불처럼
강렬한 빛을 발하는 것이 황혼이다.
자연의 거룩함과 장엄함은 언제나 변함이 없다.

"삶은 어느 순간도 영원하지 않다. 하지만 지금 이 순간도
영원처럼 살고자 하는 존재가 인간이다."
인도 여행길 길동무가 들려준 말이다. 시작도 끝도 없는 길 위에 서서
그 말을 오래도록 붙들고 있었다.

인도 유학시절 시따르(Sitar) 연주자인 독일 친구가 말했다.
"나는 득음(得音)이 아닌, 무음(無音)을 켜는 음악인이 되고 싶다."
득음은 따로 존재하는 음을 얻으려는 것, 음과 내가 분리되어 있다.
무음은 베다(Veda)에서 '신의 소리'라 부르는 것으로, 음과 내가 하나가 된다.
무엇이 음인지, 나인지 알 수 없다. 독일 친구는 이미 우주와
공명을 이루고 있었다.

마음이 문고리 같다면 서로의 마음을
편안히 여닫으며 소통할 수 있을까? 서로의 마음에 들어가고,
닫고 싶으면 닫고, 열고 싶으면 열 수 있는 문고리처럼,
내 마음도 그렇게 컨트롤할 수 있다면 좋을까? 큰일 난다. 다 들켜버리니 말이다.
문은 열려 있기도 하지만, 잠가야 할 때도 있다. 우리의 입도 그래야 한다.

속마음으로 남겨두었을 때 아름다운 것도 있다.
할 말이 없을 때는 침묵이 최선이다.

그저… 바라보기

인도. 라자스탄 주 자이살메르 사막 장터에서 늙은 채소 장수를 만났다.

그가 말했다.

"나는 내 삶을 살려고 여기에 있습니다. 이 시장이 무엇보다 소중합니다.

채소 색 스카프로 멋 내기를 좋아합니다. 친구들과 나누는 잡담이 기껍습니다.

값을 흥정하는 새댁들과 아옹다옹하는 것도 내 즐거움입니다.

이런 것들이 내 삶입니다. 내가 하루 종일 채소를 파는 이유입니다.

그러니 모든 채소를 한 손님에게 다 팔지는 않습니다."

즐기며 느긋이 사는 삶. 그에게서 한 수 배운다.

함께한다는 말은 서로를 마주 보는 것이 아니라,

나누는 마음과 더불어 같은 곳을 바라본다는 뜻이다.

당신과 함께 현재의 삶을 살아가는 것만으로도, 어깨동무하며

존재하는 것만으로도 큰 행복이다. 자주 만나 그대를 어루만질 수 없어도,

그대의 존재를 생각할 수만 있어도 내겐 큰 행복이다. 무엇보다도

지금 나에게 귀한 존재는 이 글을 읽고 있는 당신이다. 소리 없이 아침을 여는

안개처럼, 글을 읽고 있는 그대의 어깨 위로 조용히 손길을 얹고 싶다.

족쇄도 둘이면 외롭지 않다는데, 요즘 시대의 소통은

컴퓨터 앞에서 자판 두드리는 행위가 돼 버렸다.

인생의 이정표는 어디에

길 위에 가장 아름다운
형상은 본디 모습 그대로
간직하고 있는 존재입니다.
물이 물다울 때, 산이
산다울 때 가장 자연스럽고,
가장 아름답습니다.
우리네 인생 앞길엔 얼마나 많은
건널목이 기다리고 있을까요?
방향을 가리는 안개는
왜 걷히지 않는 걸까요?

그저… 바라보기

인생의 이정표는 어디에

우리네 인생 앞길엔 얼마나 많은 건널목이 기다리고 있을까요? 방향을 가리는 안개는 왜 걷히지 않는 걸까요?

길은 방법과 선택과 갈구와 변화와 설렘입니다. 무언가를 찾아가게도 하고 찾아오게도 하지요. 시작이면서 끝인, 무한한 뫼비우스의 띠이기도 합니다.

길 위에서 가장 아름다운 형상은 본디 모습 그대로 간직하고 있는 존재입니다. 물이 물다울 때, 산이 산다울 때 가장 자연스럽고, 가장 아름답습니다. 물은 다만 물이고, 산은 그저 산이지요. 영혼이 천리향 되어 퍼지도록 영혼의 문을 열어두세요. 생의 이정표는 그 영혼에 세워져 있습니다.

많은 사람들이 살면서 방황하고, 당혹스러워합니다. 자신의 본질에 대해서 무엇을 생각하고 행동해야 하는지 의문을 제시할 겨를도 없고 그 방향마저 잃고 있습니다.

존 카밧진은 이렇게 말했습니다.

"명상이란 지금 이곳에 마음을 집중하여 깨어 있는 것이다."

명상은 모든 종교와 수행에서 공통적으로 실시하는 매개체입니다. 명상은 삶

그 자체이며 일상생활입니다. 어딘가 멀리 다른 곳에 있지 않습니다. 그러하기에 명상법은 어려운 것이 아니라 쉽습니다. 강렬한 열정만 있다면 언제 어디서든 가능합니다.

　진정한 명상이란 '명상한다는 생각' 자체를 생각하지 않는 것입니다. 아무 생각 없이 그저 바라만 볼 뿐입니다.

　진정한 바라봄이란 행위(doing)가 아니라, 존재(being)하는 것입니다.

인생의 이정표를 보고 싶을 때는 회전 명상을…

수피 훨링(Sufi Whirling)은 터키 중부 콘야에서 창시된 이슬람 신비주의 종파인 수피즘 메블라나교의 기도의식 명상 수행법입니다. '수피댄스'로도 알려져 있는데 페르시안 철학자인 루미의 '회전 춤(Whirling Dervish, Sema)'이 전통적입니다.

수피댄스는 신과 교감을 하는 행위로 받아들여집니다. 무아지경에 이르도록 회전하는 동작을 반복하며 신과 합일에 이릅니다. 회전에 속도를 붙이고, 고통스러운 동작을 통해 죽음의 세계로 들어가는 과정입니다. 그곳에서 신과 교감하는 황홀경을 느끼게 됩니다.

회전 명상에 필요한 시간은 1시간입니다.

1단계 : 회전 (45분)

이 명상법을 하기 세 시간 전부터는 음식이나 마실 것을 입에 대지 않는 것이 좋습니다. 느슨한 옷에 맨발이면 가장 좋습니다.

이 명상법은 회전과 휴식의 두 단계로 나누어집니다. 회전을 하는 데 특별히 정해진 시간은 없으며 몇 시간이고 계속할 수 있습니다. 소용돌이치는 에너지를 충분히 느낄 수 있도록 45분 이상 계속합니다.

한 지점에서 시계 반대 방향으로 회전합니다. 오른팔은 위로 들어 올려 손바닥이 하늘을 향하게 하고, 왼팔은 그보다 아래쪽인 옆으로 뻗은 상태에서 손바닥이 땅을 향하게 합니다. 시계 반대 방향으로 도는 것이 불편한 사람은 시계 방향으로 돌아도 좋습니다. 이때는 팔과 손바닥의 방향도 반대가 되어야 합니다. 몸을 부드럽게 하고 눈은 뜬 상태를 유지합니다. 하지만 사물이 희미한 형태로 선회하며 흐르도록 눈의 초점을 맞추지 않는 것이 좋습니다. 고개는 회전하는 방향과 반대쪽으로 약간 기울이고 침묵을 유지합니다.

처음 15분 동안은 서서히 몸을 회전시킵니다. 그 다음 30분 동안은 점점 더 속도를 빨리합니다. 회전이 빨라지면 스스로 에너지의 소용돌이가 됩니다. 외곽은 돌개바람처럼 돌고 있지만 중앙의 주시자는 고요하게 정지해 있습니다. 제대로 서 있을 수 없을 정도로 회전이 빨라지면 몸이 저절로 쓰러집니다.

눈을 슬며시 뜬 상태에서 몸을 회전시키다 보면 육체는 돌아가고 있지만 내적 존재는 그 중심에 위치합니다. 내 자신이 사라져서 우주의 축이 되도록 중심을 잃지 않도록 합니다.

2단계 : 엎드리기 (15분)

앞으로든 뒤로든 쓰러지고 나면 이 명상법의 두 번째 단계가 시작됩니다. 몸이 바닥에 쓰러지면 즉시 몸을 돌려 배꼽이 땅에 닿게 합니다. 이렇게 눕는 것이 불편한 사람은 등을 대고 누워도 좋습니다. 어린아이가 엄마의 젖가슴을 만지듯이 몸이 대지의 품에 안기는 것을 느껴보십시오. 눈을 감고 최소한 15분 동안은 이렇게 수동적인 자세와 침묵을 유지합니다. 가만히 주시하는 것입니다.

명상 도중 구토를 느낄 수도 있지만 2~3일 안에 이런 증상은 없어집니다. 그래도 구역질이 계속된다면 중지하는 것이 좋습니다.

"무엇으로부터 누군가로부터 자유롭고 싶거든, 그 무엇을
그 누구를 자유롭게 하라. 구하고 싶거든 밖으로 향하던 눈길을
안으로 돌려라. 운명의 문을 여는 열쇠는 내 속에 있다.
밖에서 아무리 찾아 헤매도 구해지지 않는다. 길은 안에 있다."
어느 여행자의 수첩에서 발견한 글귀가 나를 깨웠다.

길 위에서 길을 잃다. 눈은 있어도 볼 눈이 없다.

"절망할 수밖에 없는 형편에 처하더라도 절망하지 말라.
나락에 떨어져도 새로운 힘은 생겨난다. 모든 것이 정말로 끝장이 났을 때는
절망할 여유도 없지 않겠는가."
프란츠 카프카는 절망을 이길 새로운 힘을 강조한다.
히말라야 안나푸르나에서 실종된 산악인 박영석은 이런 말을 했다.
"내가 시작하면 누군가 계속 가지 않겠나? 숨 쉴 수 있는 마지막 순간까지
나는 계속 갈 것이다."
"Oh, wow!" 스티브 잡스가 죽어가면서 3번이나 반복했다는 말이다.
살아온 생이 감탄할 만했거나, 눈에 비친 생의 저편이
감탄스러울 만큼 훌륭해 보였을까? 생의 매순간을 절실히 살아온 이는
죽을 때 말할 수 있을 것이다.
"인생은 아름다운 것이었어. 그런데 저 죽음의 세계도 경이로운데!"
최선을 다했기에, 더 이상 집착이 없기에 아름답다.

큰길에 문은 없다. 대도(大道)를 구하는 수행의 길에는 걸림이 없다.
바로 가는 첩경도 없다. 문이 없기에 들어가는 곳도
나오는 곳도 따로 정해져 있지 않다. 문 없는 문을 두드리고 문 없는 길을 간다.

진리를 피하는 그대들이여,
내게는 눈길조차 주지 않고 다들 어디로 향하고 있는가?

희미한 안개 속에 잠긴 나뭇가지가 아름다워 보이는 이유는
내게 길을 안내하기 때문이다.
오리무중 속에서도 희망을 가리키며 뻗어 있다.

리타이어(retire)라는 의미는 '은퇴하다,
폐업하다, 퇴직하다'이다. 지금은 운전 중,
더 잘 달리기 위해서 '타이어(tire)를 다시(re) 갈아 끼우라'는
의미로 받아들이자. 은퇴와 퇴직은
낡아빠진 타이어를 버리고 새 타이어로 교체하는 일이다.
버림과 놓음과 비움인 것이다.

모든 것이 안내자가 될 수 있다. 갈매기의 날갯짓도,

길가에 나뒹구는 바위도… 우리는 들을 귀와 바라볼 눈을 스스로 닫고 있을 뿐이다.

삶은 음미하는 것, 깨닫는 것

세상 모든 것을 잊고
우리 안에 있는 미칠 것 같은 것,
말도 안 되는 것,
억눌린 모든 것을
말도 안 되는 소리나 몸짓으로
표현해보십시오. 웃거나,
뒹굴거나, 펄쩍펄쩍 뛰거나
나오는 대로 지껄이고
표현하십시오.

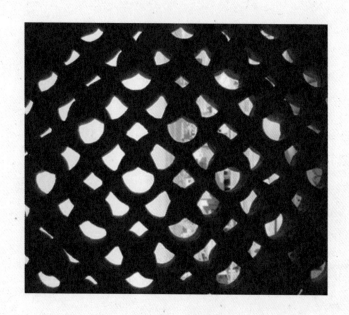

그저… 바라보기

삶은 음미하는 것, 깨닫는 것

음미하지 않는 삶은 가치가 없습니다. 얼마나 사느냐보다 어떻게 사느냐가 더 중요하지요.

씨실과 날실이 서로 얽혀야 옷감이 되듯이, 인생에도 실패라는 씨실과 행복이라는 날실이 얽혀야 합니다. 행복하기만 한 인생은 없습니다. 고통을 피하지 말고 받아들이십시오. 고통의 순간은 인생을 더 견고하게 메우는 실이 됩니다. 거센 바람일수록 빨리 도는 바람개비처럼, 우리의 인생은 시련 덕분에 더 귀중해집니다.

어찌 보면 뼈와 살로 이루어진 이 몸은 내가 아닙니다. 시각, 청각, 후각, 미각, 촉각 등의 다섯 가지 감각기관 역시 내가 아닙니다. 말하고, 움직이고, 붙잡고, 배설하고, 생식하는 다섯 가지 운동기관도 내가 아닙니다.

나에 대해, 내 삶에 대해 무엇을 할 것인지 묻고 또 물어야 합니다. 그것이 우리네 인생입니다. 물음이 그친 상태를 죽음 또는 해탈이라 합니다. 누구나 한 번은 죽기에 물음도 언젠가 멈추게 됩니다. 다만 영적 해탈로 생리적 죽음 이전에 이룰 수 있는 것입니다. 얼마나 오래 살지, 언제 죽는지 중요하지 않습니다.

비관적인 태도, 삶에 대한 어두운 접근 방식, 염려, 두려움, 고통, 불안, 슬픔, 불행, 억압 등 모든 부정적인 마음들을 버려야 합니다. 놓아야 합니다. 비워야 합니다. 희망으로 충만한, 낙관적이고 긍정적인 사람으로 거듭나야 합니다.

오늘을 음미하고, 앞으로의 삶을 음미하기 위해서 명상하세요. 더없이 편안해진 세상이 당신을 찾아올 것입니다.

세상 모든 것을 잊고 우리 안에 있는 미칠 것 같은 것, 말도 안 되는 것, 억눌린 모든 것을 소리나 몸짓으로 표현해 보십시오. 웃거나, 뒹굴거나, 펄쩍펄쩍 뛰거나 나오는 대로 지껄이고 표현하십시오.

이것이 바로 마음 작용의 멈춤 상태, 노 마인드입니다. 노 마인드는 '참 나'의 상태(pure mind)입니다.

노 마인드 명상법을 익혀보세요

1시간 동안 음악 없이 북을 치며, 북소리를 들으며 노 마인드 명상에 빠져듭니다. 요가 수행자 오쇼가 소개한 명상법은 어렵지 않습니다.

1단계 : 새가 지저귀듯 그냥 소리 냅니다

이 단계는 소리 나는 대로 말하는 지버리쉬(gibberish)입니다. 감정의 고조를 위해 북소리와 함께 시작합니다. 수피 신비주의자인 자바르(Jabbar)의 행법에서 따온 것으로 자바르는 어떤 언어로도 말하지 않고 엉터리 말만을 지껄이는 것입니다.

오쇼는 지버리쉬만을 하면서 수천 명의 제자들을 가르쳤습니다. "그대의 마음은 지버리쉬에 지나지 않는다. 그것을 던져버리면 그대는 그대 존재 자체를 맛보게 될 것이다." 지버리쉬를 할 때에는 말을 하지 않습니다. 알아들을 수 없는 모든 소리를 냅니다. 아는 언어를 사용하는 것이 아닙니다. 중국어를 모른다면 중국어를, 일본어를 모른다면 일본어를 사용하는 것이 좋습니다. 태어나서 처음으로 새들이 지저귀며 즐기는 자유를 맛본다고 생각합니다. 단지 마음에서 일어나는 것을 나오는 대로 내뱉으면 됩니다. 새들이 지저귀듯 말합니다.

무의미한 소리는 생각의 패턴을 깨뜨립니다. 몸은 움직이되 소리만을 내면서 중간에 간격을 두지 말고 계속 이어서 지저귀다 보면 태풍과 같은 에너지를 느끼게 됩니다.

2단계 : 고요를 바라봅니다

눈을 감고 몸을 고정시켜 동작을 멈추고 에너지를 내부로 모읍니다. 거대한 고요를 경험하게 됩니다. 앉아서 그 고요를 바라봅니다. 그리고 지금 여기에 존재함을 생각합니다.

3단계 : 내맡기기를 하십시오

누워서 몸을 이완시키고 어떤 노력도 없이 마음의 통제 없이 떨어지게 합니다. 온몸과 마음을 쉬게 합니다. 각각의 부분은 고조를 위해 북소리와 함께 시작합니다.

4단계 : 자신으로 돌아오십시오

마지막 북소리가 울리면 앉는 자세를 취하며 일상으로 돌아옵니다.

그저… 바라보기

산을 돌 위로 옮겨놓으면, 돌이 곧 산이 된다.
우리의 마음에 우주를 들여놓으면, 내가 바로 우주가 된다.
우리의 마음에 자연을 옮겨놓으면, 내가 바로 자연이 된다.
내 마음에 '참 나'를 옮겨놓으면, 비로소 '참 나'가 된다.

눈 덮인 히말라야를 넘나드는 카라반들에게 길은 곧 목숨이다.
목숨 걸듯 길을 걸어야 한다.
정상은 오로지 하나, 올라가는 길은 여러 갈래이다.
어떤 길을 선택하든 정상으로 이어진다. 다만 늦음과 빠름의 차이가
있을 뿐이다. 조금이라도 빨리 정상에 오르려면 직선에 가까운
지름길을 걸으면 된다. 하지만 그 산이 북망산(北邙山)이라면?
인생의 정상에 오르고 나면, 북망산에 들어섰음을 감지해야 한다.

"도(道)란 그저 밥 먹고 차 마시는 것이다!"
백장선사(百丈禪師)의 말씀이다. 도를 멀리서 찾을 일은 아니다.

거꾸로 뒤집어보면 보이지 않던 그 무엇을 볼 수 있다.
플라톤의 동굴의 비유처럼, 거꾸로 선 것이 바로 선 것이고,
바로 선 것이 거꾸로 선 것인지도 모를 일이다.
늙은 소나무는 하늘을 딛고 서 있을 뿐 말이 없다.

대나무는 직선으로 곧추서 있지만 마디는 곡선으로 둥글다.

직선적이어서 타인에게 화살로 돌아간 것은 아닌지 돌아본다.

지구에 직선을 그어도 우주에서 보면 곡선이 되듯,

결국 그 화살은 내게로 돌아온다.

"총명하지 않고 너무 직선적인 자는 자신을 망치고 다른 몇몇 사람에게도

해를 입힌다. 숲 속의 곧은 나무는 그 근본으로 말미암아 베어지고

곧은 화살이 되어 다른 쪽을 죽인다."

사꺄 빤디따《선설보장론(善說寶藏論)》을 다시 읽는다.

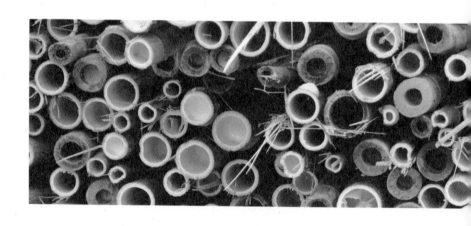

그저… 바라보기

'놓는다'라는 생각도 놓아버리고, '버린다'라는 생각도 버려버리고,
'비운다'라는 생각도 비워버리자. 버리고 또 버리면 여정이 가벼워진다.

고통이 찾아온다 하더라도 언젠가는 반드시 지나간다.
인내와 희망을 가져야 한다. 행복이 찾아온다 하더라도 이 또한 지나간다.
자만과 나태를 경계해야 한다. 그 어느 순간에도 흔들리지 말자.
이 순간, 바로 여기에 머물러야 한다.

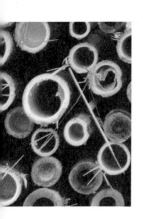

진정 자유로운 상태는 자유롭다는 생각조차 들지 않는 때이다.

몸에 수분이 부족하면 목이 마르듯 자유를 생각하는 순간 자유롭지 못하다.

반야심경의 '색즉시공(色卽是空) 공즉시색(空卽是色)'을 떠올려라.

없는 것이 있는 것이요, 있는 것이 곧 없는 것이다.

"자유에 대한 갈망마저 그대들을 얽매는 재갈임을 알 때,

그리고 자유를 마치 최후의 목표이자 성취인 듯 말하는 것을

그칠 때라야만 진정으로 자유로울 수 있습니다. 그대들의 자유는

그 족쇄를 풀면 더 큰 자유를 위해서 또 다시 풀어야 할 족쇄가 됩니다."

칼릴 지브란도 《예언자》에서 진정한 자유는 '그치는 것'이라고 했다.

언제나 반겨주는 친구가 있는가?

사뿐히 지르밟고 올 님이 있는가?

신전 입구 석주(石柱)는 눈을 지그시 감고 있다. 입은 굳게 닫고,

귀는 잘라내었다. 누군가를, 그 무엇인가를 지키고 보호해주는 사람은

그리하여야 한다. 보고도 못 본 척, 들어도 못 들은 척,

아무 말도 하지 않는다. 진정한 수호자(守護者)가 되는 법이다.

일상에서 만난 꽃들. 하나의 가지에서도 다양한 빛을 내는 건,

서로의 다름을 인정하기 때문이다. 자기만 잘났다고 나서지 않는다.

포용과 어울림의 원리를 실천하는 동반(同伴)의 미학이다.

만남과 이별은 찰나에 스치는 교차점이다. 연연하거나
잡으려 할 필요 없다. 눈웃음과 미소를 얼굴에 담고 스쳐 지나면 될 일이다.
물결 가는 대로 배가 흘러가듯, 오는 이 막지 말고 가는 이
잡지도 말고, 흐르는 세월 따라 그저 흘러간다.

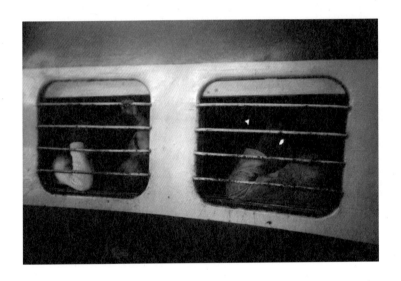

삭막하고 수상한 세상에는 훈수가 필요하다.
훈수를 두는 자와 훈수를 받아들이는 자는 모두 어디로 갔을까?
훈수는 없고 꼼수만 있다.

"보지면 조지고, 자지면 만지라."
음담패설 같은 이 말은 김삿갓이 쓴 시의 한 구절이다.
"보지(補知)면 조지(早知)고 자지(自知)면 만지(晩知)라."
뜻을 헤아려보면 저절로 고개가 끄덕여진다.
"도움을 받으면 빨리 알게 되고, 스스로 알려고 하면 늦어진다."
미망 속에서 혼자 제아무리 노력해도 스승에게
도움을 받는 것만 못하다. 스승과 도반의 존재가 절실히 필요한
수행의 세계에서 새겨들을 말이다.

'언제나 깨어 있으라' 해서 의식을 켜놓은 채 잠들었다.
님을 향한 그리움을 켜놓은 채 잠들었다. 님이 오면 곤히 잠든 나를
놓아두고 그냥 가실까. 오늘도 잠 없는 잠(sleepless sleep),
깨어 있는 잠(awakening sleep)을 잔다.

꺾여 바닥에 떨어진 꽃잎도 꽃이기에 아름답다.
자존심을 잃어버리지 않는다. 이제는 돌아와 거울 앞에 선
국화 옆에서의 누님처럼 지고(至高)하다.
바닥으로 곤두박질친 인생도 스스로 숭고함을 지킨다면 아름답다.

따뜻하고 싶은가, 카리스마 넘치는 사람이 되고 싶은가?

그러려면 손을 열자.

오픈 핸드(open hand)할 때, 거친 파고(波高)를 헤쳐 나갈 수 있다.

두려움에 대한 진실

두려워 마세요. 두려우면
떨게 됩니다. 두려우면
눈을 감게 됩니다. 두려우면
갇혀버립니다. 두려우면
잃어버립니다. 두려움이 들 때,
집중 명상에 들어보십시오.
조주 스님은 "모든 삼라만상은
불성(佛性)을 갖고 있다."라고
말했습니다.
그 불성에 집중하십시오.

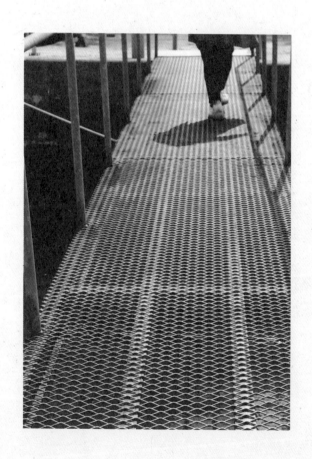

그저… 바라보기

두려움에 대한 진실

자존심을 내려놓는 용기가 진정한 자존심입니다. 그것을 갖지 못한 것을 아쉬워해야 합니다. 에고(ego)는 아무것도 나갈 수 없게 자각이 닫힌 상태입니다. 문을 닫고 내보내지 않으니 두려움이 사라지지 않습니다.

목숨은 따사롭습니다. 싸늘한 목숨은 없습니다. 아무리 쌓아올려도 무겁지 않은 우리 사랑도, 아무리 내려놓아도 가볍지 않은 우리 마음도, 모두 따뜻합니다. 그 따스함이 두려움을 녹입니다.

안전이란 진정 안전한 곳이 아닙니다. 안전하다고 믿을 뿐입니다. 그래야 위안이 되니까요. 가장 안전하다고 믿는 침대에서 사람들의 80%가 죽습니다. 비행기가 이륙하기 위해선 활주로가 필요하듯, 우리네 인생에 어둡고 괴로운 일들은 도약과 비상의 활주로입니다.

두려워 마세요. 두려우면 떨게 됩니다. 두려우면 눈을 감게 됩니다. 두려우면 간혀버립니다. 두려우면 잃어버립니다.

두려움이 들 때, 집중 명상에 들어보십시오. 조주 스님은 "모든 삼라만상은 불성을 갖고 있다."라고 말했습니다. 그 불성에 집중하십시오.

'집중'이란 마음을 어느 한 곳에 붙들고 있는 것, 머무는 것, 확고한 토대를 두는 것입니다.

마음이 어떤 것으로부터 방해 받지 않고, 분산되지 않고 하나에 모이는 것입니다. 하나의 대상일지라도 여러 면을 갖고 있습니다. 그 각각의 다른 면은 버리고 하나의 면에만 한정될 때 집중이 됩니다.

♥

사냥터에서 "새의 눈만 겨냥하라."라고 하면, 하늘, 나무, 새의 머리, 부리, 다리, 몸통 등은 보이지 않고, 단지 눈만 보여야 집중이 된 것입니다. 주시하는 대상만 들어오고 나머지 다른 것은 보이지 않아야 합니다.

집중 상태가 되면 이완과 자각이 이루어집니다. 자각이란 심리학적인 관점에서는 개체가 환경에서 일어나는 것들을 내적, 외적으로 지각하고 체험하는 것입니다. 요가 수행 관점에서의 진정한 자각은 이런 것입니다. 주체와 객체의 분리된 상태에서의 앎이 아니라, 순수의식 자체, 본래의 모습, 에고가 사라진 상태, 마음의 작용이 소멸된 상태입니다. 앎 자체로서 현상적 자아와 '참 나'가 다름을 아는 것입니다.

♥

'집중(Dharana)'이란 한 대상에 마음을 매어두는 것, 특정한 대상에 마음이 머물러서 고요해진 상태를 말합니다. 즉 몰입된 상태입니다. 집중 명상은 방황하고 산란한 마음이 특정한 명상 대상에 머물러 지속적으로 알아차림을 유지하면서 고요해진 것입니다. 부정적인 마음의 장애가 사라지고, 영적인 희열과 평정을 경험케 합니다.

하나의 대상을 정하고 미동도 없이 그저 바라보십시오! 그저 그곳에 하나 되어 머물러야 합니다. 분별심을 버리십시오.

그저… 바라보기

촛불 명상으로 집중하십시오

뜨라따까(Trataka)는 요가 수행에서 '응시하는 것, 바라보는 것'을 의미합니다.

하나의 대상을 눈을 깜박이지 않고 바라보는 행법입니다. '촛불 명상'은 순수한 빛과 하나 되기이며, 자기를 태워 주변을 밝히는 초의 희생적인 사랑을 가슴에 담는 것이지요. 나는 내가 지금 바라보고 있는 것이 됩니다.

직관과 의지력, 지성과 주시의 센터인 제3의 눈(상단전)을 각성, 활성화하고, 라티한(Latihan) 에너지를 활성화하는 밤의 명상법입니다. 제3의 눈은 에고의 이원성을 완전히 초월하는 곳이며 마음의 순화를 위해서 체험되어야 할 가장 중요한 에너지 센터입니다. 이곳이 각성되면 다른 짜끄라(Cakra)들의 체험과 각성도 동시에 진전됩니다.

제3의 눈은 높은 수준의 각성을 나타내는 마음의 짜끄라이며 주시의 센터이자 내면의 스승의 목소리가 들려오는 구루 센터입니다. 모든 영적 혼란과 유혹으로부터 중심과 통제를 잃지 않고 명령, 조절하는 기능을 갖습니다. 이곳이 각성되면 참된 지혜의 눈이 깨어나게 됩니다.

먼저 어둡고, 바람이 불지 않는 곳에 파란불이나 촛불 그리고 선반 등을 준비하고 한 팔을 뻗은 정도의 거리를 유지하고, 초를 눈높이에 맞춰놓습니다. 1시간 정도 명상에 듭니다.

1단계 : 숨을 들이쉬고, 내쉽니다 (5분)

눈을 감고 촛불 앞에 앉아서 입을 다물고 허파를 가득 채울 만큼 깊이 숨을 들이쉽니다. 다 들이쉰 다음, 자신이 할 수 있는 만큼 가능한 한 호흡을 오래 참다가 입을 통해 부드럽게 숨을 내쉽니다. 본인이 할 수 있는 만큼 허파의 숨을 비워냅니다. 이 호흡주기를 눈을 뜨기 전까지 계속합니다.

2단계 : 반눈을 뜨고 응시합니다 (45분)

평안한 호흡으로 돌아와서 눈을 반쯤 뜨고 파란불이나 촛불의 가장 밝은 부분을 부드럽게 응시합니다. 눈을 깜박이지 말고 몸도 움직이지 마십시오.

3단계 : 고요히 이완합니다 (10분)

고요한 상태에서 눈을 감고 움직이지 말고 몸을 이완하고 수용합니다. 에너지(氣)가 부드럽고 자연스럽게 몸을 타고 흐를 수 있도록 그대로 내맡깁니다.

두려워하면 갇혀버린다! 바닥의 개는 목줄로 묶여 있고,
고양이는 스스로 만들어낸 두려움 탓에 나무 위를 벗어나지 못한다.
비행기가 날려면 활주로를 달려야 하듯,
비상(飛上)에도 도움닫기가 필요하다. 두려워하면 도움닫기조차 할 수 없다.

어둠이 없다면 빛은 그 밝음을 드러내지 못한다.
그러므로 어둠은 언제나 빛과 함께한다.
얼음이 얼고 눈이 오면 이내 봄이 찾아온다는 뜻이다.

진실한 사람은 그 누구에게도 경계심을 갖게 하지 않는다.
진실한 이는 자연과 하나이기 때문이다. 제3의 눈 또는
마음의 눈인 '아갸 짜끄라'의 각성은 자연과 동화되게 한다.

완전을 알기에 불완전을 자각한다. 달은 기울든 차든 언제나 달이다.
우리는 이미 완전한데도 불완전하게 여기는 이상에 빠져 있는지 모른다.
미완의 아름다움도 있다. 채워가는 기쁨은 부족을 알기에
가능한 것이다. 완전과 불완전은 상태일 뿐이지 옳거나 그른 것이 아니다.
그 나름대로 아름다운 것이다.
달이 어떤 모습을 하든 그 옆에는 친구가 되어주는 별이 있다.

담배 한 모금, 알싸한 술 한 잔에 삶이 한 뼘쯤 이완되기도 한다.
육체적 고통과 마음의 번뇌를 잠시나마 잊게 해주는 것처럼 느껴지기도 한다.
무언가에 기대어야 하는 나약함. 우리의 서글픈 모습이기도 하다.

절(寺)은 절을 잘해야 절로 돌아간다고 한다.
모든 생명에게 나를 낮추는 최고의 몸짓이 오체투지(五體投地)의 절이다.
나를 낮출 때 오히려 나의 존귀함이 드러난다.
"너희 중에 누구든지 으뜸이 되고자 하는 자는 너희 종이 되어야 하리라.
인자가 온 것은 섬김을 받으려 함이 아니라,
도리어 섬기려 하고 자기 목숨을 많은 사람의 대속물로 주려함이니라."
마태복음에서도 으뜸이 되려면 종이 되라고 가르친다.

해거름 산줄기 계곡을 바라보다 물살이 번진 줄 알았다.
무슨 연유로 계곡이라는 저리도 많은 고생주름이 생긴 걸까?
산은 누가 상처를 주어도 불평 한마디 없이 그 자리에 여여(如如)히 있을 뿐이다.
어느 위치에서 바라보느냐에 따라 달라 보일 뿐이다.

풍화된 바위가 햇볕을 받는다. 햇볕에 너무 많이 노출되어서 풍화된다.
나는 세파(世波)에 시달린다. 지치고 피곤한 나는
모질고 거센 세상의 세파에 마음이 너무 흔들렸기 때문이다.

그저… 바라보기

누구는 그냥 걷고, 누구는 머리에 짐을 이고,
누구는 물끄러미 앉아 강을 본다.
짓누르는 인생의 무게가 각자의 몫에 따라 그렇게 달라진다.
삶은 터널을 걷는 일이다. 터널 끝이 죽음이라는 것을 모른다.
그 끝이 생명의 부활이기를 소원한다.

계단이 아름다우면 오르기가 그리 힘들지는 않다.
한 계단 한 계단 즐기며 오른다.
삶의 역경도 마음먹기에 따라 아름다운 색을 칠할 수 있다.

절대고독은 나를 위로한다. 고독이 더 이상 고독으로 느껴지지 않으니
나에게 치유가 된다. 절대고독의 순간에 그 무엇인가가 나를 위로한다.
그 속에서 '참 나'를 발견한다. 고독이 사랑하고 정화하고
치유하기 위한 시간이 아니라면 그저 외로울 뿐이다.

돌이 떠다닌다는 부석사. 부운(浮雲) 하는 인생의 무상함을
무량수전(無量壽殿) 앞에서 곰곰이 되새겨본다.
먹구름 한줄기 백두대간을 따라 흐른다. 한쪽으로 기운 소나무,
꼭대기는 소백산 정상을 향해 몸을 틀고 있다.

달이 머리카락 안으로 날아든다.
달이 내 안으로 들어오고자 한다. 두 팔 벌려 살갑게 맞이한다.
우주가 바로 나다.

도시는 바늘로 폐부를 찌르는 것 같은, 기하학의 결정체이다.
그 속에는 궁극적인 기하학의 중심체, 사람이 산다.

방하착(放下着)이란 공(空)의 이치를 알지 못하고,
모든 것에 집착하는 어리석은 착심인 아집을 놓아야 한다는 말이다.
요가철학에서는 모든 걸림과 집착을 자기 내면에 자리하고 있는
'참 나'의 아래에 놓으라는 뜻이다. '참 나'는 어떤 행위도 하지 않고
그저 존재만 한다. '내려놓는다'는 그 생각마저도 내려놓는다.

적막 속에서도 물은 움직인다.
그물에 걸리지 않는 물처럼, 망에 걸리지 않는
바람처럼, 걸림 없이 그저 흐르는 대로 살아가라.

자연스러움보다 더 견고한 반석은 없다.
진리란 단 한 번도 흔들린 적이 없는 요지부동의 반석이다.
흔들리지 않는 것을 흔들어본들, 흔드는 자만 흔들릴 따름이다.

사방이 수렁이니 어릴 적
부모님의 근심을 이제야 알겠다.
치명적인 유혹에 끌리는 것은 인지상정.
수렁과 우물은 언제나
고개를 숙여 들여다봐야 한다.

그저… 바라보기

수행 정진(精進)이 실패로 끝나는 경우가 있다. 결실을 맺지 못하는 이유는
결실을 맺기 직전에 '정진하기'를 멈추었기 때문이다. 십 년 공부
도로 아미타불이다. 성공하지 못하고 실패로 끝나는 것은 성공 직전에
'실패 상태'에서 멈추었기 때문이다. 물은 99.9℃까지는 묵묵하다가 100℃가
되어야 끓는다. '뜨거운 열정'은 끝까지 최선을 다하는 것이다.

절대 또는 신의 존재를 예찬할 때는 그의 이름을 부른다.
이름을 부르는 것은 상대적이고 한정된 것이기에
그는 절대나 신이 아니다. 어딘가에 어떤 형상으로든지
절대적인 에너지가 있다. 그것에 대상화된 이름을 붙이지 말자.
절대의 형상을 닮은 나를 사랑하는 것이 절대와 신을 찬미하는 일이다.

제 2 부

버린다는 생각도 버려버리고

려(慮)! 심연으로 들어가라

이미 일출한 것인가,
이제 일몰하는 것인가?
일출이 아름다운가,
일몰이 아름다운가?
일몰 '때'가 아름다운 것인가,
일몰 '전'이 아름다운 것인가?
일출하는 '해'가 아름다운
것인가, 일출하는 해 주변의
'전경'이 아름다운 것인가…

그저… 바라보기

려(慮)! 심연으로 들어가라

바라보는 잣대에 따라 각각 다르게 느끼면 될 뿐 분별할 필요는 없습니다. 해는 빛을 숨긴 뒤에도 그 모습으로 있습니다.

"왜 산을 오르는가?" 산악인들은 "산이 거기에 있기에 오른다."라고 말합니다. "왜 삶을 사는가?"라는 질문에 "삶은 '거기가' 아니라, '여기에' 있기에 살아간다."라고 대답합니다.

매순간 죽어가고 있기에 삶을 겸허히 살게 됩니다. 높은 산의 정상을 오르기가 힘들듯, 인생의 정상도 오르기가 힘이 듭니다. 삶도 결국 죽음이라는 북망산에 오르는 과정입니다. '어떻게 잘 살 것인가'라는 물음은 '어떻게 잘 죽을 것인가' 생각하라는 말이나 다름없습니다.

자연은 언제나 우리에게 겸손을 가르칩니다. 북망산이라는 자연 또한 겸손을 가르칩니다. 사람이 공기 속에 살면서 공기의 고마움을 모르듯 현상적인 아상 속에 살기에 '참 나'를 모르고 하루를 그저 흘려보냅니다.

알아차림과 자각이 우리를 현상적인 아상으로부터 벗어나게 합니다. 려(慮)할 때 '참 나'를 마주할 수 있습니다.

오케스트라는 제각기 다른 악기가 각자의 소리를 냅니다. 그런데도 하나의 소리로 조화롭게 들립니다. 그래서 내면의 소리, '나다(Nada)'에 귀를 기울여야 합니다. 나다는 내면의 소리의 진동, 의식의 흐름을 의미합니다.

순수의식(참 나, 소리 없는 소리, 우주, 절대)과 개인의식을 합일시키는 악기가 나다입니다. 내면에서 울리는 음악, 양심의 소리 나다에 집중하십시오. 내면의 소리에 집중해 우주의 에너지를 체험하고, 내면의 에너지를 조절해 감정과 몸을 집중하십시오.

소리 명상은 불면증, 우울증 개선에 도움을 줍니다. 마음의 번뇌와 여러 심신의 질병을 치유하는 데도 효과적입니다. 자기 치유와 중심 잡기(센터링), 감정적·신체적 정화, 쁘라나 조절 능력, 내면의 충만한 진공 상태에 도달하는 훌륭하고 간편한 명상법입니다.

소리 명상은 고대 티베트 전통 명상법을 현대화한 것입니다. 허밍과 우주의 기를 체험하는 부드러운 움직임을 통해 질병의 치유와 자기중심에 도달하는 방법입니다.

소리 명상에 몰입하십시오

소리 명상은 본래는 아침 일찍 하던 수행법이지만, 하루 중 어느 때나 해도 됩니다. 혼자하거나 여럿이 어울려도 됩니다. 공복 상태에서 편한 자세로 앉아 명상 내내 눈을 감고 입술을 붙인 다음 편안한 상태로 입정에 듭니다.

1단계 : 허밍을 합니다 (45분)

편한 자세로 앉아 눈을 감고 입술을 다문 상태로 '음' 하는 허밍을 시작합니다. 다른 사람에게 들릴 만큼 큰 소리를 냅니다. 허밍을 하면 몸 안에 진동을 만들어 냅니다. 자신의 몸을 속이 텅 빈 관(pipe), 대나무, 또는 빈 그릇(도자기, 용기)이라고 생각하고, 그대의 내부에 허밍의 바이브레이션이 가득차게 합니다. 이것을 진동의 시각화라고 부릅니다.

허밍이 자동적으로 이루어지는 시점이 되면, '소리 내는 자'인 동시에 '듣는 자'가 됩니다. 호흡은 그냥 편하게 합니다. 허밍의 음조(음높이, 음의 고저)를 바꾸어도 좋고, 원한다면 몸을 가볍게 움직여도 됩니다.

2단계 : 고요하게 참잠(沈潛)합니다 (15분)

1단계가 끝나면 앉거나 누워서 고요하게 내면으로 침잠합니다. 절대적인 침묵에 잠기는 것이 좋습니다.

근심, 걱정, 염려하는 그 마음이 밖으로 새나가지 않도록
려(慮)하라!
단지 마음의 중심에 두고 그저 바라보고,
생각 자체를 생각하는 것을 몸에 익혀라.

수천 년 동안 흘러들어온 강물은 어디로 갔을까?
바다는 줄지도 넘치지도 않고 그 자리를 지킨다. 바다가 그러하듯,
저 무욕의 땅을 넘어 줄지도 넘치지도 않는 사랑을 나눠야 한다.
"아무리 가까운 사이라 하더라도 사람 사이에는 늘 심연(深淵)이
도사리고 있습니다. 그곳에는 임시로 놓인 다리밖에 없지만
그래도 이 다리를 건널 수 있는 것은 사랑뿐입니다."
크놀프는 사랑이 심연을 극복하는 힘이라고 이야기한다.

길을 따라 가을 여행을 떠난다. 노란색은 유치원 아이들의 색.
마음을 들뜨게 한다. 밝고 명확한 차선처럼
마음의 여행에도 안내표지선이 그려져 있다면, 비틀거리며
옆길로 새거나 방황하고 헤맬 일이 없을 것이다.

꽃밭에 앉아서 만물상을 본다. 눈에 보이거나 머리에 그려지는
사물의 모든 상(像)은 우리의 마음이 그려내는 대로 드러난다.

그저… 바라보기

진정한 희열(Ananda)은
내적인 행복감이며,
자신이 스스로 그러함(自然)으로
존재하는 것이다.
있는 그대로 놓아둘 때,
내면의 순수의식이 빛을 발한다.

어느 생명이 밤새 나뭇잎에 흔적을 그려 놓았다. 자연스런 낙서이다.
'어느 부분을 어떻게 잘라 먹을까?' 한참을 서성이며
고민한 듯싶다. 이파리에 옆에 앉아 있는 벌레에게 어찌 된 일인지 묻는다.
그 말을 들을 귀가 내게는 없다.

남인도 아잔따 석굴사원. 그곳의 백미인 연꽃을 들고 있는
보살벽화를 사진으로 담았다. 플래시 사용을 금지한 컴컴한 석굴,
보살 사진을 잘 찍으라며 불 밝혀주는 관리인에게
50루피(원화 1,500원 정도)를 건네고
급하게 셔터를 눌렀다. 갈취당한 게 아니라,
그와 공조한 것이라고 생각하니 정신건강에 좋았다.

남인도의 기와지붕도 우리네 기와지붕과 별 차이가 없다.
더운 여름 기온 탓으로 좀 더 붉은 색을 띨 뿐이다.
삶은 많이 다른 것 같지만,
같은 인간이기에 보편적인 분모가 더 많다.
그 공통분모 덕에 소통이 수월해진다. 저 멀리 떨어진 남인도와
우리나라 사이에서도 공통분모를 찾을 수 있건만,
바로 옆집과 우리 집은 공통점이 없어 보인다.
이상한 일이다. 가까이 하기엔 너무 먼 당신을 만들지 말자.

짜이 한 잔으로 아침을 대신하는 그들은
그 짜이 한 잔을 즐길 수 있어 행복하다.
배고플 때, 차릴 밥상이 있다는 것만으로도 하루가 충만하다.

남인도 엘로라의 까일라사 사원·

돌산 전체를

하나의 작품으로 완성했다·

인간의 한계에 대한 도전이다·

절대권력이라는 힘이

석공에게 미치지 않았더라면

만들 수 없었을 것이다·

권력의 한계도 없는 걸까?

스펙(spec)은 영어의 스펙시피케이션(specification)을 줄인 말이다.
원래의 뜻은 제품의 '설명서, 사양' 등을 의미하지만,
최근 들어 자신이 확보할 수 있는 외적 조건의 총체를 이르는 말로 쓴다.
외적 조건을 향상시키는 일은 격려할 만하지만 내면적인 스펙은
어떻게 쌓을까. 또 이것을 어떻게 확인할 수 있을까? 부처님도
승려증이 없었고, 예수님도 사역증이 없었다. 그래도 최고의 현인이다.

스콜(squall)이 내려 하늘이 어두운 구름 빛이다. 그래서 더 아름답다.
인간도 자연과 잘 어우러진다. 불완전해서 완전을 그리워하듯, 무상해서
영원을 지향하듯 소원하는 마음이 있기에 아름답다.
무상하지만 그래서 이 순간에 머무는 모든 이들이 참 아름답다.

연꽃은 속세에 물들지 않는 고고함의 상징이다.
진흙 속에서 맑은 꽃을 피워올리기에 진흙이 없다면 양분이 부족해 필 수 없다.
아이러니다. 부처상이나 스님이 연꽃 대좌에 앉는 것도
진흙탕 같은 중생에 뿌리를 두고 더불어 대승(大乘)으로 살아가라는 의미일까?
연꽃이 떨어져 진흙탕에 들어가면 다시 생명의 씨가 되어 꽃을 피운다.
귀의(歸依)의 완성이다. 죽음과 파괴는 단지 사라지는 것이 아니다.
밑거름으로 전이된다. '아름다운 파괴'이다.

그저… 바라보기

연속되는 패턴(pattern)도 자세히 들여다보면 저마다 고유성이 있다.

틀에 박힌 사고처럼 보이지만, 범주를 달리하면 고유한 사유로 변모한다.

생김새는 비슷해도 각자의 내면엔 고유한 색이 있다.

제각기 다른 사명과 실행 능력을 내면에 갖추고 있다.

일률적인 단순함도 아름답다.

틀은 본보기로서의 유용함과

아름다움을 가지고 있다.

획일적인 일상도 아름다울 수 있다.

직선과 곡선의 조화로 아름답게

디자인된 일상. 그냥 닮아지는 것은

아니다. 노력해야 한다.

일상의 패턴 뒤편엔 닮기 위해

노력한 흔적이 배어 있다.

산도 바다도 다 내 발 아래 있다. 눈을 감으면 모든 것이 눈 아래,

마음속에 존재한다. 우주를 가슴에 담는 일은 그리 어렵지 않다.

그저 눈을 감고 마음에 담으면 되는 것이다.

그대 머물 자리는

산이 거기에 있기에

산을 오른다지만

함부로 오를 일은 아닙니다.

올라가면 반드시

내려와야 하는 것 또한

산입니다. 그곳에서

여명을 등지다가 조심스럽게

저를 낮춥니다. 신성을

더럽힐까 걱정하는

소심한 몸짓입니다.

그저… 바라보기

그대 머물 자리는

　고요한 적막을 깨는 여명, 신들도 잠에서 깨어납니다. 이 시간 히말라야로 마음 여행을 떠납니다. 인도에 오래 살아서 그런지, 시간 나면 영혼의 안식처인 그곳으로 훨훨 마음을 날려 보냅니다.

　푸르스름 여명에는 네팔 사람들의 눈동자를 떠올리기도 합니다. 그들의 눈은 푸르고 깊습니다. 맑은 산, 히말라야를 닮았습니다. "덕자(德者)는 산을 좋아하고, 지자(智者)는 물을 좋아한다."라는 말이 딱 맞습니다. '신이 거주하는 산', 히말라야는 신의 마음을 닮고 싶은 이들의 염원이 담긴 신성한 산입니다.

　산이 거기에 있기에 산을 오른다지만 함부로 오를 일은 아닙니다. 올라가면 반드시 내려와야 하는 것 또한 산입니다. 그곳에서 여명을 등지다가 조심스럽게 저를 낮춥니다. 신성을 더럽힐까 걱정하는 소심한 몸짓입니다.

　이런 저를 보고 산이 말합니다.

　"누가 오라 했는가, 누가 가라 했는가!"

　참을 수 없는 불만으로 마음이 복닥거릴 때가 있습니다. 그 순간은 '지금 여기에' 자신이 존재하지 않기 때문입니다. 아니면 '참 나'로 존재하지 않고 현상적 자아에 머물기 때문입니다.

"나는 '내가 누구인지를 모르고 있다'는 것을 알고 있고, 너희들은 '내가 누구인지를 모르고 있다'는 것을 모르고 있다. 그것이 너희들과 나의 차이점이다."

소크라테스의 변명이 이런 나를 잘 표현해줍니다. 참을 수 없는 최초의 불만은 '내가 누구인지를 모르고 있다'는 것입니다. 바로 지금, 여기에 존재하지 못하는 참을 수 없는 존재의 가벼움 탓입니다.

우물에서 물을 길을 때, 사찰에서 기도를 올릴 때 누구나 머리를 숙여야 합니다. 자기를 낮추는 연습입니다. 익을수록 고개를 숙이는 벼처럼, 곧추 서 있을 때보다 허리를 숙였을 때 사람은 더 위대하고 멋져 보입니다.

마음을 어디에 두어야 할지 몰라 서성댈 때, 가슴에 스멀스멀 피어오르는 흙먼지 같은 소리에 가만히 귀 기울이십시오. 어느 곳이든 좋습니다. 어느 때라도 괜찮습니다. 잠깐 멈춰서거나, 세상에서 가장 편한 자세로 잠깐 앉아도 좋습니다.

그대로 느리게, 무던히 바라보십시오. 마음속 흙먼지가 조용히 가라앉을 때까지는 그리 많은 시간이 필요하지도 않습니다. 하나, 둘, 셋… 열을 채우기 전에 마음이 진정되기도 합니다. 호수 위의 잔물결을 잠재워야 '참 나'를 비춰볼 수 있듯이, '참 나'를 찾아 떠나는 여정에 그저 바라보기, 명상이 희망의 빛이 됩니다.

염주 한 알을 돌리면 전체가 돌아가듯, 그물 한 코만 잡아당겨도 그물 전체가 요동을 치듯, 내 하나가 맑고 향기로우면 온 우주를 맑고 향기롭게 합니다. 유기체적 존재의 나비효과입니다.

소리 명상의 최고점인 만뜨라(Mantra) 명상은 내면의 에너지 흐름(각성, 상승, 분배)에도 효과적입니다. 만(Man)은 '사유하다, 생각하다'를, 뜨라(Tra)는 '수단, 방법, 도구'를 의미합니다. 만뜨라는 소리의 형태로 존재하는 절대자입니다. 만뜨라는 그 자체가 '의식하는 방법, 도구, 수단'입니다. 욕을 했을 때 욕을 듣는 사람의 얼굴이 달아오르듯, 만뜨라의 소리 파동은 우리 내면의 에너지 흐름에 영향을 미칩니다.

나다 요가의 일종으로 만뜨라의 의미에 초점을 두고 명상합니다. 4,400만 가지의 만뜨라가 존재한다고 합니다.

만뜨라 명상에 집중하십시오

1단계 : 마음에 드는 만뜨라 하나를 정해 반복 염송합니다 (50분)

침묵하고 앉아서, 눈은 반쯤 뜨거나 완전히 감고, 그저 아래를 바라봅니다. 마음에 드는 만뜨라를 택해서 끊임없이 반복 염송, 영송합니다. 내면에서 발에서 머리까지, 머리에서 발끝까지, 몸 전체에 진동하는 느낌을 얻습니다. 염주를 이용하면 집중이 더 쉬워집니다.

옴 나마 쉬와야(Om Nama Sivaya) 같은 쉬와 만뜨라(Siva Mantra)가 좋습니다. 옴(Om)은 '우주의 소리'를, 나마(Nama)는 '경배', 시와야(Sivaya)는 '파괴의 신 쉬와(Siva), 참 나'를 의미합니다.

5음절로 이루어진 만뜨라는 우주의 5대 원소인 지, 수, 화, 풍, 공을 정화시킵니다. 내면에 감춰져 있던 모든 감정적 억압과 부정적인 사념을 파괴하고 정화시켜 '참 나'에 도달합니다. 처음에는 귀로 나중에는 가슴에서 들릴 수 있도록 합니다.

2단계 : 고요히 침묵에 듭니다 (10분)

앉거나 누워서 고요하게 내면으로 침잠합니다. 절대적인 침묵에 잠겨 '참 나'를 찾습니다.

암송해두면 좋은 만뜨라

■ 옴 나모 나라야나(Om Namo Narayanaya) : 나모는 '경배'를, 나라야나는 '비슈누 신'을 의미합니다. 불행하다고 생각할 때 삶의 조화를 되찾기 위하여 염송합니다.

■ 하리 옴(Hari Om) : 치료의 만뜨라입니다. 하리(Hari)는 비슈누 신의 이름으로 '보존하고, 유지하는 힘'을 뜻합니다. 음의 경지를 성취하는 데 필요한 최적의 건강상태를 기원할 때 염송합니다.

저마다 제 색깔을 가지는 옷가지에도 조화는 깃든다.
악기는 제각각 다른 소리를 내지만 오케스트라 속에서 하나의 소리로
어우러진다. 각자 성심껏 부르짖어도 좋다. 하늘은 있는 그대로를
조화로이 받아들인다. 인간이 저 나름의 잣대로 옳고 그름을 나눌 뿐이다.

지금 이 길이 넓고 편안한가? 깨침의 고지가 눈앞인데 여기서 멈출 수는 없다.
넓고 안락한 길도, 좁고 위험한 길도 그저 하나의 길일 따름이다.

해가 떠오르면, 어린 강아지도 일어나 달리려고 한다.
밤새 안락한 자동차에 누운 채 달려왔다 해도, 아침이면 일어나야 한다.
우리는 스스로 달려야 한다.

버린다는 생각도 버려버리고

주인은 어디 가고 빈자리만 남았다. 비어 있어서 느긋하고 나태하다.
나는 어디쯤 머물러야 하는가. 내가 있을 자리는 미처
주인을 만나지 못했다. 하지만 나의 자리가 나를 기다리는 것은 아니다.
내가 아니라, 먼저 앉아주는 이를 기다린다.

순간순간이 아쉽다. 아쉽다고 생각하는 그 순간도 아까울 정도로.
찰나의 시간에 나중은 없다. 안간힘을 다해 지금 이 순간, 온통 나를 내놓는다.

한번 발을 담그면 잘 놓아주지 않는 시멘트. 굳기 전에
발을 뺄 건지 머물 건지 결정하자. 고착화는 마음에서 몸으로 일어난다.
머리를 땅에 박고 있으니 마음은 벌써 굳어진 상태이다.
지금 역발상의 미학이 필요한 시간이다.

바다는 절대 누수(漏水) 되지 않는다. 모든 것을 차별 없이
거두어들이고도 차고 넘치는 법이 없다. 내 몸짓이 하나의 떨림이 되어
그대 가슴에 닿길 바란다. 넘치지 않는 바다의 물결처럼 오롯이 전해지길 원한다.
파동이 퍼지고 퍼져서 바다로, 그 바다 속에 있는 내게로 다시 전해온다.

커다란 돌판을 깎아 만든 창살 안에 비질하는 여인이 있다.
우리 사이에 놓인 장벽은 허물지는 못해도 구멍 낼 수는 있다.
시선과 안부를 실어 나르는 구멍이 아름답지 않은 이유가 있겠는가.

음지에 있어도 아름다운 것은 양지가 아니어서 얼마나 다행인지 모른다.

서로를 보듬어 안은 나무들. 한목소리로 뽐내는 건
미려한 꽃잎이 아니라 깊은 유대감이다.

자연이 인위(人爲) 위에 살며시 내려앉는다.
인위도 본래는 자연의 한 부분이다. 모든 것이 자연으로부터 나온다.
구분이 사라지면 인위적인 것도 자연스럽다.

서로 다른 모습으로 자리하지만, 수면은 같은 모습을 담고 있다.
오십보백보(五十步百步).
정도의 차이는 있어도 본질은 한가지이다.

저마다 이름을 가진 섬들도 바다를 걷어내면 하나로 연결된 땅이다.
함께 더불어 땅으로 이어진 우리. '섬'이라 이름을 지어 붙이고,
제 뜻대로 떨어지고는 왜 외롭다 할까?

상대를 향해 짓는 표정은 미소를 머금고 있지만, 내면에 감추어둔 진심은
시멘트 담벼락처럼 굳어버린 벽이다. 도깨비 나라이다.

낙엽에도 혈관이 있음을 물방울이 증언한다. 말라 떨어진 이파리가
아름다운 건 허례 없이 발가벗은 채 제 몸을 맡기기 때문이다.
반영(反影)은 대비(對比)의 모습. 낙엽과 물방울이 닮아도 이상하지 않다.
내 자신의 진정한 모습도 '지금 이곳'에 반영된다. 마음을 다 내어 비치는
자연인이고 싶다. 주위의 모든 것들이 나와 어우러지는 경험을 하고 싶다.

언제나 그 자리에 선 우체통. 붉게 타는 기다림.
붉은 가슴 저미며 등 돌리지 않고 기다리는 그런 빨간 편지통이고 싶다.

비움은 채움의 기다림이다. 돌아가 쉴 곳은 있다.
반겨주는 이가 있으면 제법 더 좋겠다.

어디론가 휘적휘적 떠나 본 적이 참 오래되었다. 노 젓는 뱃사공 마음 따라
저 무욕의 땅으로 건너고 싶다. 미지를 저어하는 마음은 스스로 만들어낸 것이다.

누군가에게 기대어 휴식한다. 어깨를 비스듬히 하고서.
기우뚱해야 바로 기댈 수 있다.
비스듬한 자세로 휴식하듯, 나는 그에게 비스듬한 버팀목이 된다.

차례가 아직 오지 않았나 보다. 누가 먼저 타더라도 다툴 일 없으니
마냥 기다려도 좋다. 한 줄에 엮인 배처럼 기다림의 시간도 한 줄로 이어져 있다.
그렇게 인내의 세월로 차례를 기다린다.

다리는 난간만 남기고 시간에 마모되었다. 세월의 무상함은
사물과 사람을 가리지 않는다. 집착이 생기면 유적지를 찾는다.
무상함을 일깨워주는 오래된 학습장에서 집착은 스르르 풀려난다.

성불지(成佛地) 보드가야에서 티베트 스님들과 신도들의 염불공양.
비슷하면서도 다른 모습이다. 다르면서도 비슷한 모습이다.
바라는 마음은 비슷하지만, 바라는 내용이 다르다. 바라는 내용은 달라도
향하는 대상은 같다. 달라서, 같아서 함께 부대끼며 존재한다.
어떤 모습으로 어디서 무엇을 하든 비슷한 다름으로 머물 뿐이다.

떠밀리지 않아도 되니 떠밀지 마라. 자리는 모두에게 공평하다.
조금 꾸물거려도 자리는 그대로 나를 맞는다.

백구는 다른 개들과 같은 표정을 짓는 게 싫다. 그래서 등으로 표정 짓는다.
가끔은 머리를 돌려 다른 곳을 향할 자존심도 필요하다. 나의 '나 됨'은
남과 다른 시선에서 나온다. 백구의 등이 백구를 말해주는 것처럼.

해변에서 즐길 권리는 모두에게 있다. 나의 것이 아니니 너를 쫓아낼 수
없는 탓이다. 자연은 소유에 무관심한데 왜 인간은 자연을 소유하려 할까.
소와 여인이 해변에서 함께 일광욕을 한다.

바라봄과 보이는 것

인도 현인들은 내면의 행복감과
즐거움을 나누기 위해
몇 가지 공유법을 사용했습니다.
그중 하나가 말이라는
매개체가 필요 없는 이심전심
침묵입니다. 그저 바라보는
방법입니다. 굳이 말이나
몸짓으로 설명하지 않습니다.
말을 하고, 몸짓을 사용하면
진심이 오도되기 때문입니다.

그저… 바라보기

바라봄과 보이는 것

물동이의 비누거품, 시간이 지나면 사라집니다. 즐거움도 그와 다르지 않습니다. 길게 여일한 것은 없습니다. 사라지지 않는 내면의 즐거움을 즐기세요. 요가 수행자 요기는 홀로 숲 속을 거닐어도 늘 즐겁습니다. 요가적 관점에서 즐거움은 전달받거나 전달하는 것이 아닙니다. 그저 그러하게 존재하고만 있으면 즐거움이 솟아납니다. 숙성된 누룩에서 보글보글 알코올이 샘솟듯 말입니다.

인도 현인들은 내면의 행복감과 즐거움을 나누기 위해 몇 가지 공유법을 사용했습니다. 그중 하나가 말이라는 매개체가 필요 없는 이심전심 침묵입니다. 그저 바라보는 방법입니다. 굳이 말이나 몸짓으로 설명하지 않습니다. 말을 하고, 몸짓을 사용하면 진심이 오도되기 때문입니다.

침묵은 아무 말도 않는 것이 아닙니다. 소리 없는 진심의 말이 침묵입니다. 침묵하고 있는 동안에도 파동 에너지는 피어납니다. 두 발 담그는 것만으로도 강물 전체에 물결이 일어 퍼져나가듯, 가슴에 사랑과 감사의 긍정적 마음가짐을 갖는 순간, 파동 에너지가 자신의 삶에도, 앞으로의 인생에도, 다른 이의 가슴에도 이미 물결쳐 퍼져나갑니다.

팔을 벌려 서로 부둥켜안는다고 한들 서로의 가슴은 절대 마주치지 않습니다. 그래서 우리는 사람을 껴안을 때 더 힘을 주는지 모릅니다. 안아도, 안겨도 허전 하니까 말입니다.

인도 현인들은 명상의 힘을 이렇게 생각했습니다.

첫째, 욕망과 세속적 안락을 초월해 인간의 의식에 직접적으로 영향을 미치는 창조적인 힘을 갖고 있다.

둘째, 개인의 현재 상태를 더 높은 차원으로 이끌어주는 잠재적인 힘 또는 에너 지가 넘친다.

셋째, 우주 의식과 개인 의식의 통합과 조화를 이룰 수 있다.

넷째, 평화와 기쁨을 주고 마음의 힘들을 하나의 명확한 초점으로 끌어모으는 도구이다.

다섯째, 자유와 깨우침 그리고 불멸을 얻는 수단이다.

그저 있는 그대로 바라보고 싶은 날은 자애 명상에 들어보십시오.

자애(慈愛) 명상이란 모든 이들이 행복할 수 있도록 이타행(利他行)을 실천하는 것 입니다. 성냄(화)을 버리고 인욕(忍辱)을 얻는 것이며, 자신의 내면을 끊임없이 관찰 하는 마음을 길러줍니다. 자애로움으로 마음을 맑게 정화시키는 것이지요. 이기 심을 버리게 하고, 마음의 평정을 찾게 해줍니다. 자애의 마음을 온 세상에 가득 채웁니다.

자애(慈愛) 명상에 몰입하십시오

마음속의 상처와 증오를 치유하는 자애 명상은 분노를 다스리고, 조건 없는 사랑을 기르고, 깨어 있는 생활을 하게 만듭니다. 마음이 고요해지는 집중 명상인 자애 명상에 들어보십시오.

1단계 : 간절한 마음으로 내면을 들여다봅니다 (20분)

서서하거나 앉아서 할 수 있습니다 자기 자신을 먼저 안정시킵니다. 매순간 어디에서건 고요히 내면으로 침잠합니다.

2단계 : 평온한 상태에서 기원을 합니다 (15분)

평온한 마음 상태를 유지하면서 나 자신에 대해 '원한이 없기를, 악의가 없기를, 근심이 없기를, 고통이 없기를, 평안하기를, 행복하기를, 사랑하기를' 기원합니다.

또한 살아 있는 모든 생명들도 '원한이 없기를, 악의가 없기를, 근심이 없기를, 고통이 없기를, 평안하기를, 행복하기를, 사랑하기를' 똑같이 기원합니다.

어떤 사람이 만공스님을 찾아와 물었다.

"어떤 것이 법입니까?" "네 눈앞에 있느니라."

"왜 나는 보지를 못합니까?" "네가 있기 때문이다."

"그럼 스님께서는 보십니까?" "나까지 있으면 더욱 보기 어렵다."

"'너'도 없고 '나'도 없다면 보는 것이 가능하겠습니까?"

"'너'도 없고 '나'도 없는데 보려는 자가 누구냐?"

분별하려 애쓰지 말고 단지 바라보기(Darsana)만 하라!

내가 당신을 바라보는지, 당신이 날 바라보는지 알 수 없다.

영성(靈性)의 도시, 바라나시! 강가(Ganga)가 그 영성을 맑게 해준다.

가뜨에 앉아 지긋이 바라본다. 빛나는 그대를 지긋이 바라본다.

그저… 바라보기

"나는 누구인가?", "숭고한 의식이란 무엇인가?"
진리는 어렵게 구해지기도 하지만 때로는 스스로 떠오르기도 한다.
마음의 작용이 멈추고 어떤 논리적 사고도 일어나지 않는 상태가 되면
저절로 알아차리게 된다. 모든 일을 할 때
지금 여기에서의 자각만 있다면 된다. 알아차림(awareness)만 있다면,
그 행위는 업(Karma)이 되지 않는다.

스스로 빛을 내는 순수의식인 뿌루샤(Purusa)는 지금 바로 여기에서,
마음의 작용 없이, 진정한 침묵(Mauna)으로, 항상 있는 그대로(be as you are),
있음과 없음의 분별을 넘어선 그곳에 존재(being)할 뿐이다.
진정한 바라봄이란 행위가 아니라,
존재하는 것이다. 있는 그대로.

물결이 명경지수처럼 고요하다. 그 모습 그대로를 비춰 볼 수 있게 한다.
탁하고 산만하게 파동치는 마음으로는
나 자신의 진정한 모습을 제대로 비춰볼 수 없다.

창공의 햇빛과 산들과 사람들과 현수교. 때론 연속되는 패턴 속에서
자연과 인간과 인공이 잘 어울리기도 한다.
지구별에는 여행객들만 즐비하다.
아니다. 모두 다 성자인데 내 눈이 보질 못한다.

소똥에 사람의 손자국이 보태지니 마치 초콜릿 쿠키 같다.

보이는 것이 다가 아니다. 현상은 실체가 나타난 모습이지만, 아상이 그려낸

모습일 뿐 그 자체는 아니다. 원효대사가 해골바가지 물을 감로수처럼

맛있게 마셨을 때의 깨끗하던 물과, 날이 밝아 다시 그 물을 봤을 때의

더럽게 여겨지던 물은 같은 물이다. 그런데도 '깨끗하다, 더럽다'라는 생각이

일어나는 것은 붓디(Buddhi, 知性)라 불리는 우리 마음의

내적 도구가 분별하는 것뿐이다.

'모든 것은 오로지 마음이 지어내는 것(一切唯心造)'이다.

불교 유식학적 관점이다. 있는 그대로를 분별없이,

마음 작용 없이 바라보는 것이 깨달음이다.

그것이 진정한 자각이고, 관(觀)이며, 불성(佛性)일 것이다.

우리는 눈에 보이는 현상이 마치 실체인 양,

내 것으로 하려는 탐욕을 부린다.

그것은 결국 내 마음의 분별심이 실체를 제대로

바라보지 못하기 때문이다.

"뒷모습도 아름답습니다. 숨겨진 뒷모습에도 사람의 향기가 납니다."

이런 말을 듣고 싶다. 나의 뒷모습이 보고 싶다.

그저… 바라보기

서로 동색(同色)을 띠고 쌍으로
제자리를 차지하고 있다.
여기 신발 한 켤레가 검은 색과 회색으로
짝을 이루며 자리하고 있다.
가지런함과 질서 속에 꼭 한 놈이
삐뚤함과 파격의 다름을 가진다.
어쩌면 그 파격이
아름다운 일탈(逸脫)인지도 모른다.

정해진 영역이나 조직 또는 규범이나
목적 따위로부터 달아나
벗어나려는 개개인들의 일탈을 권위와
통제만으론 막을 수 없다.
거기엔 일탈을 기대하는 사람들의 꿈이
꿈틀대고 있기 때문이다.

일탈! 그것은 일상(日常) 속의
비일상(非日常)이다. 일상이
오랜 시간 흐르면 일탈하는 경우도 있다.

버린다는 생각도 버려버리고

누가 어느 곳을 바라보든, 우리와 다른 곳을 바라본다.
그들의 고개를 내가 바라보는 곳으로 돌리려 할 필요는 없다.
그들만의 이유가 다 있다. 다름은 단지 다름일 뿐, 틀린 것은 아니다.
그냥 놓아두고, 보이는 모습 그대로 인정하고,
받아들이고, 그저 바라봐 주면 될 일이다. 그것이 상대를 위하는 길이다.
서로 다름을 인정하라.

상대를 컨트롤하려 드는가? 그것이 그를 사랑하고 위하기 때문이라는
생각을 갖고 있는가? 이것은 내 위주의 독단일 뿐이다.
그를 위한 최선이 아니다. 독단으로부터 벗어날 수 있는 다양성의 인정은
부동심과 평등심의 씨앗이 된다. 단지 다를 뿐이다. 차별과 우열이 아니다.
그것이 다양성의 인정이고, 아집과 아상의 '나'를 놓는 일이다.

"겉 다르고, 속 다른 놈일세."
나도 누군가에게 그런 이로 비치는 건 아닐까?
아름다운 이는 외면과 내면이 순수하다.

터키에서는 '나자르(Nazar, 악마의 눈) 본죽(Boncugu, 구슬)'을 집집마다
문 입구에 붙여놓는다. 악마와 재앙을 물리쳐, 우리를 지켜주는 고마운 눈이다.
그런데 바라보는 눈이 너무 많다.
언제 어디서나 날 바라보는 이가 있다. 그것이 '참 나'이다.

그저… 바라보기

패턴인지 다양성인지
혼동되는 정물(靜物)!
나도 정물처럼
정지해 움직이지 않는다.
그렇게 고착화되어 안주하고
있는지도 모른다.

버린다는 생각도 버려버리고

부동(不動)의 원동자(原動者, apeiron), 자신은 움직이지 않고
다른 것을 움직이게 하는 힘을 가진 세상을
최초로 움직이게 하는 자, 만물이 거기에서 생성되는 무한 불확정한 것…
신(神)을 가리키는 말이다.

모든 존재자는 제일 형상인 부동의 원동자에 도달하고자 한다.
등대는 부동의 원동자이며, 바다의 절대자이다.
나의 등대는 어디에 있을까?
등대를 발견하는 것만으로도 인생의 항로는 순탄해질 것이다.

인도의 한 동네에서는 매년 자전거 경주가 열린다.
경주 규칙이 심상찮다. '누가 더 느리게 도착하는가?'이다.
결승점이 고작 10m밖에 되지 않는다.
넘어지지 않아야 하고, 서 있으면 안 되고, 뒤로 가면 반칙이다.
빨리 가는 것이 최선이 아니라,
중심을 잡고 가는 과정이 더 중요함을 가르친다.
멋진 퍼포먼스이다.

그저… 바라보기

서두르지 말고 천천히 여유를 가져야 심사숙고할 수 있다.
그래야 주변을 살펴볼 수 있고, 즐길 수도 있다. 삶은 살아가는
길이기도 하지만, 죽음을 향해 가는 길이기도 하다.
서두를 필요는 없다. 일찍 일어나는 벌레가 먼저 잡아먹힌다.
처음 자전거의 페달을 밟을 때는 힘이 들지만, 바퀴가 굴러가고 난 후에는
페달을 밟지 않아도 자전거는 힘들이지 않고 저절로 굴러가듯,
삶에도 탄력이 붙으면 스스로 자연스럽게 힘들이지 않고 흘러간다.

환(幻)이 깨어졌을 때

껍데기가 아닌 내면의
진면목은 눈으로 바라보는 것이
아닙니다. 그래서 명상,
내면으로의 '침묵'이
필요합니다. 실체보다
환(幻)으로 나타난 현상이
시각적으로 더 아름다워 보이는
이유는 우리가 현상적
존재이기 때문입니다.

그저… 바라보기

환(幻)이 깨어졌을 때

자연은 드러내지 않고 고요히 숨을 쉽니다. 우리가 알아차리지 못해도 말입니다. 가장 큰 소리, 자연의 소리를 듣지 못할 때가 많습니다. 형상이 클수록 전체를 보기 어렵기 때문입니다.

바라볼 때 분별하는 마음은 버리십시오. 있는 그대로 가슴으로 바라보아야 합니다. 그렇지 않으면 마음으로 보아도 현상만 보입니다. 실체를 들여다보기 어렵습니다. 껍데기가 아닌 내면의 진면목은 눈으로 바라보는 것이 아닙니다. 그래서 명상, 내면으로의 '침묵'이 필요합니다.

신이 일어나는 시간, 아름다운 꽃이 피는 시간, 해가 저무는 시간… 시간을 제대로 관조하는 눈을 가져야 합니다. 아름다운 꽃의 개화는 견디고 버텨야 할 삶의 시작일까요, 완성일까요? 그도 아니면 종말의 시작일까요?

'죽음이 종말이다'라고 여기는 것은 죽음으로 생명을 끝낸다는 우리의 생각 탓입니다. 죽음은 새로운 생명의 시작입니다. 파괴는 새로운 완성을 위한 시작입니다.

실체보다 환(幻)으로 나타난 현상이 시각적으로 더 아름다워 보이는 이유는 우리가 현상적 존재이기 때문입니다. 현상과 환은 아름다움의 시각적인 속성이지 실체의 본질은 아닙니다. 시각적 아름다움을 끝없이 추구해도 공허해집니다.

즐기는 것도 마찬가지입니다. 즐길 수 없다면 피해야 합니다. 즐겨서 하는 것은 자연스러운 것이지만, 즐기지 않는데 하는 것은 속박이자 굴레일 뿐입니다. 부자연은 참된 나를 찾지 못하게 가리고 맙니다. 어쩔 수 없이 끌려다니지 말고, 그곳에 매달려 있는 이유가 무엇인지 돌아보십시오.

"흙탕물은 가만히 내버려 두면 가라앉아 맑은 물처럼 보이지만, 언제든 휘젓는 순간 다시금 탁해지고 만다."

부처님 말씀입니다. 우리에게 많은 깨달음을 전해주는 이야기입니다.

깃털과도 같은 존재의 가벼움을 자각해야 합니다. 환을 깨십시오. 내 의식의 육중한 무거움을 삐에로의 몸짓으로라도 조금은 덜어보려고 노력하십시오.

현상은 '참 나'를 찾는 일을 방해할 때가 많습니다. 더러는 심연 속 절대고독에 젖어 내면의 진정한 나를 만나십시오. 그 심연이 비록 물컵 한 잔의 깊이일지라도, 거기에는 나를 찾아내는 깊은 이야기가 있습니다.

'참 나'를 찾기가 힘들 때는 개(犬) 명상에 들어보십시오. 개는 충직한 동물입니다. 나무라고, 혼내고, 때려도 금새 잊고 또 꼬리를 흔들며 다가옵니다. 그들은 섭섭함도, 분노도, 자존심도, 자기를 내세우지도, 불평도 하지 않습니다. 그저 주인이 손 내밀면 또 다시 복종하며 다가옵니다.

개의 복종심은 단순한 복종심일까요? 아닙니다. 원인과 결과에 대해 집착하지 않는 무집착이며, '놓음의 명상', '비움의 명상'을 실천할 줄 아는 것입니다. 개처럼 자기를 내세우지 않아야 완전히 비울 수 있습니다. 무집착은 "보이는 대상이나 전해 받은 대상으로부터의 집착을 버린 사람이 욕망을 스스로 이겨서 떠난 마음이다."라고 《요가 수뜨라》는 말합니다.

그저… 바라보기

개(犬) 명상에 들어보십시오

하루 한 번만이라도 마치 전혀 인간이 아닌 것처럼 느껴보십시오. 방법은 단지 개처럼 행동하는 것입니다. 개가 되어보는 것입니다.

1단계 : 분노로 화가 났을 때 이렇게 하십시오

호흡이 배꼽 아래로 내려가지 않을 때, 개처럼 헐떡이며 숨을 쉬십시오. 또 방 안을 네 발로 기어 다니거나, 뛰거나, 짖어보십시오. 개가 할 것이라고 생각되는 모든 행동을 실제로 하십시오.

2단계 : 억누르지 마십시오

명상에 들고 싶을 때 그 마음을 억누르지 마십시오. 그 순간에 일어나는 것은 무엇이든지 하십시오. 정말로 끈질기게 개가 되어보는 것입니다. 계속 짖고, 핥고, 뛰고, 기고… 동물적 에너지를 맘껏 발산하십시오. 어느덧 차분해진 마음을 느낄 것입니다. 개를 볼 때마다 한 번 씩 이런 생각과 행동들을 떠올리는 것만으로도 충분한 개 명상이 됩니다.

진정한 아름다움은 환(幻)이 깨어졌을 때, 스스로 빛을 발한다.
껍질을 깨는 일을 두려워 말라.

제자리만 지켜도 각자의 색을 뽐낼 수 있다. 누구나 색이 있다.
서로를 인정한다면 애써 닮지 않아도 좋다. 제 빛깔을
드러내고도 사이좋게 어우러진다. 다름을 인정하는 것,
괜찮음을 알게 되는 것, 현재 모습에 만족할 줄 아는 것, 지금 이대로도
괜찮다고 인정하는 것. 세상을 사는 지혜는 거창하지 않다.
그것이 환(幻)을 깨는 일이다.

"어느 곳이나 존재하는 당신이지만, 바로 이곳에서 경배합니다.
형상을 초월하는 당신이지만, 바로 이 형상들을 통하여 경배합니다.
찬송이 필요 없는 당신이지만, 바로 이 찬송가를 통해 찬송합니다.
신이시여, 이 세 가지 죄를 용서하소서!"
아디 샹까라짜리야의 말처럼. 자기의 죄와 허물을 여러 사람에게 고백하여 참회
하는 일은 아름답다. 무릎을 꿇는 용기가 필요하다.

주위를 밝히는 초, 정신을 맑게 하는 향은 제 몸을 태워야만 제몫을 한다.

몸을 부딪는 아픔을 견뎌야만 맑은 소리가 멀리 퍼지는 띵샤도 마찬가지이다.

그것이 살신성인이다. 자기희생을 통해 아름다움은

완성된다. 그들의 헌신에 두 손을 모은다.

흔들리고 부딪히며 성장한다. 고통스럽고 아프다고 절망할 필요 없다.

아파서 울 수 있다는 것은 순수한 감성이 살아 있다는 뜻이다.

진솔하게 살아가고 있다는 표상이다. 누구나 흔들리며 꽃을 피우니

애달파할 것 없다.

"흔들리지 않고 피는 꽃이 어디 있으랴. 흔들리지 않고 가는

사랑이 어디 있으랴."

도종환의 시구가 가슴을 가득 채운다.

"차카게 살자"

어느 깍두기 형님의 팔에서 문신을 발견했다.

마음의 작용을 멈추어야 하는데, 그는 애써 마음 작용을 하고 있었다.

보이는 것이 전부가 아니다. 우리의 눈에 보인 현상적 존재는

그 진면목을 보지 않고는 모두 다 허상이다. 겉으로 나타난 모습에

모두들 마음의 작용을 일으킨다.

'차카게' 살지 말고 '그저 그러하게(自然)' 살아야 한다.

즐겨서 하는 것은 달관이다.

즐겨서 하지 않는 것은 체념이다. 즐기지 않으면 하지 말라.

에너지 낭비다.

말을 버린다는 생각은 의식의 표상, 말을 하는 것이다.

생각을 놓는다는 생각도, 실은 생각을 하는 것이다.

있는 그대로 존재할 수는 없을까?

생각을 지우고 순수한 자각만 남는 상태를 꿈꾼다.

수면에 비친 달은 매순간 일그러진다.

어디서 보느냐, 무얼 통해 보느냐에 따라 눈은 변덕을 부린다.

수면 위에 비친 모습은 나의 진정한 모습이 아니다.

투명하고 영롱하여 비칠 것은 없지만 어렴풋이나마 보이기에

눈으로 거두고 마음으로 밀쳐낸다.

지구에서 보면 달이 돌고 있다. 달에서 보면 지구가 돌고 있다.

모든 것 자신의 눈으로 보려 들지 말라.

돌담길을 거닐었다.

날벌레의 날갯짓이 나를 풀숲으로 이끈다.

풀숲의 자연을 더 아름답게 볼 수 있게 한다.

인생도 집착이 없을 때 제대로 보게 된다.

세상에 공짜는 정말 없을까?

해가 지면서 빚어낸
아련한 노을은 공짜이다. 산과 들이
겹쳐진 자리를 누비는 새들의
지저귐은 공짜이다. 좋은 기억을
떠올리는 것과 가족의
웃음소리 듣는 것은
공짜이다. 공짜인 것이 가장 귀하다.
스스로 찾아내는 선물이다.

버린다는 생각도 버려버리고

비가 오면 하늘을 보며 입을 벌린다. 목마르다는 생각을 하기 전에
물을 마시고 있다. 자연에서는 원하기 전에
필요가 채워진다. 내가 있기 전에 자연이 있었듯 내가 욕망하기 전에
자연은 순리를 행한다.

빈 벽도, 빈 깡통도 제 구실을 할 때가 있다.
무용(無用)의 용(用)이다. 텅 빈 깡통이나 속이 꽉 찬 깡통은
흔들어도 소리가 나지 않는다. 조금 들어 있는
깡통이 소리를 낸다. 조금 아는 사람이 항상 시끄럽다.

대나무에 잔설이 내려앉는다. 속이 텅 빈 대나무에게도 온정이 있다.
눈을 내치지 않고 온 몸으로 받아들인다. 넓고 부드러운 몸은
아니지만 자기 몸을 자리로 내어주고, 눈이 쉴 수 있도록 해준다.
"하늘에서 내려오시느라 수고 많았다"며, 대나무는 온정으로 눈을 녹인다.

달빛을 뒤로하고 서 있는 나무. 어둡다고 투정부리지 않고 작은 빛을
온몸으로 받는다. 빛을 받지 않는 가지는 불평 없이 때를 기다린다.
우리네 눈도 언제나 밝게 비쳐진 것만 보려 하지 않는다면,
더 소중한 것을 볼 수 있다.

레스토랑 담벼락에 그림이 갈라져 있었다.

벽이 먼저 갈라졌을까? 그림이 먼저였다가 나중에 벽이 갈라진 것일까?

아님, 갈라진 것처럼 그렸던 것일까? 한 사물을 보며 수많은 추측을 해보는

이 마음에는 무엇이 먼저였을까? 그 분별심으로 인해 벽화를

제대로 감상을 못했다. 달은 보지 않고 가리키는 손가락만 보았다

빛은 아름다운가

진정한 빛을 가늠할 수
있다면, 실체와 본성을 보는
눈이 길러집니다.
태양을 담아낸 사진이
무익하지 않은 까닭입니다.
사진은 정지된 순간의 포착만이
아니라, 연결되어 흐르는
찰나의 시간을 담아내는
시도입니다.

그저… 바라보기

빛은 아름다운가

태양을 담은 사진에는 태양이 없습니다. 사진은 빛의 미학, 순간 포착의 미학, 기다림의 미학, 인연법의 미학입니다. 하지만 제아무리 아름다운 빛을 담아내어도 실제 빛이 될 수는 없습니다. 빛은 사진에 담기지 않을뿐더러, 그 무엇에도 담겨 있을 존재가 아닙니다. 현상되어 나온 빛의 반사체가 무엇을 밝힐 수 있는 것도 아닌데 우리는 사진을 찍습니다. 그 이유는 무엇일까요?

현상을 그려냄으로써 진정한 빛을 가늠할 수 있다면, 실체와 본성을 보는 눈이 길러집니다. 태양을 담아낸 사진이 무익하지 않은 까닭입니다. 사진은 정지된 순간의 포착만이 아니라, 연결되어 흐르는 찰나의 시간을 담아내려는 시도입니다.

우리의 마음은 찰나에 머무는 시간을 영원한 것인 양 잡고서 놓으려 하지 않습니다. 잡는다고 잡히지 않으며, 놓는다고 놓아지는 것도 아닙니다. 순간에 집착하지 말고 생의 한 부분을 되새기려는 마음을 가져야 합니다. 모든 존재는 아름다움을 가지고 있지만 마음으로 다 헤아릴 수는 없습니다. 빛을 담아낸 사진처럼 본질을 보기 위해 노력할 뿐입니다.

수행의 길에서 바른 스승을 만나기란 그리 쉬운 것이 아닙니다. 바른 길을 선택할 수 있도록, 제대로 된 길을 안내해줄 스승을 만나길 누구나 절실히 바랍니다. 스승을 애타게 찾는 것도 빛을 찾기 위해서입니다.

　산스끄리뜨어로 '구루(Guru)'는 '어둠(Gu)'과 '빛 또는 물리침(Ru)'의 합성어입니다. 어둠을 물리치고, 빛을 밝히는 사람으로, 제자의 등불이 되어야 한다는 것이지요. 구루는 최고의 실재인 신성 또는 '참 나'를 깨달은 분입니다. 제자를 영적인 지식으로 인도합니다.

　스승을 만나기까지 스스로 해야 할 일은 많습니다. 좌선 명상에 들어보는 것입니다.

　우리가 말을 할 때, 있는 그대로를 보고 말하는 것이 아닙니다. 자기 마음이 이미 투사하고 결정한 것을 가지고 마음의 작용에 따라 말을 합니다. 투사한 마음 작용을 줄이기 위해서는 침묵좌선 명상을 자주 하십시오.

　이 명상은 어떤 것에 대해서도 명상하지 않는 것입니다. 마음이 어떤 현상에도 끼어들지 않도록 명상적 행위를 버리는 것입니다. 분별심을 갖지 않고, 무언가를 그려내지 않습니다. 생각해야 할 것이 무엇인지도 생각하지 않습니다.

그저… 바라보기

침묵좌선(沈默坐禪) 명상에 머무십시오

아무것도 하지 않고 그저 앉아 있는 것입니다. 아무것도 선택하지 않은 채로, 어떤 것에도 관심을 집중시키지 않습니다. 다만 매순간 깨어 있는 의식을 유지하는 조건만 있습니다.

1단계 : 벽과 한 팔 거리로 떨어져 앉습니다

팔을 뻗었을 때 벽과 닿을 정도의 거리에 편안하게 벽을 마주 보고 앉습니다. 눈을 반쯤 뜨고 벽을 응시합니다. 등은 곧게 펴고 양 손을 배꼽 아래로 모아서 손바닥이 위를 향하도록 겹치고, 양손의 엄지손가락을 맞대어 원을 만듭니다. 고정된 자세로 앉아서 자연스럽게 숨을 내쉽니다.

2단계 : 그냥 앉아서 지켜보십시오

앉아 있는 동안 그냥 존재하기만 하면 됩니다. 어떤 사물을 바라보려 하지 말고, 그저 빈 곳을 지켜봅니다. 시각을 흐트러뜨리고 아무것에도 초점을 맞추지 마십시오. 그저 바라보기만 합니다.

생각하지 않고 그냥 무념으로 앉아 있기란 참으로 힘듭니다. 하지만 '진정한 침묵'은 말을 멈추고 입을 닫았을 때가 아니라, 마음의 작용이 멈추었을 때입니다. 말 없는 말에 귀를 기울여야 합니다.

어떤 상황이나 자극이 생기면 우리는 마음을 투사하여 평가한다.
투사된 모습은 실제 모습이 아닌 까닭에
실제와 달라서 오해가 일어나고 곤란에 처한다.
내 앞에 놓인 유리벽을 걷어야 한다.

어떤 일이 잘못되었을 때 남의 탓으로 돌리면 기분이 나아진다.
그렇지만 그것이 진정 남의 탓일까?
잠깐 위안은 되지만 본질을 잘못 짚었기에 같은 일은 또 일어난다.

내 행동을 납득할 수 없는 때가 있다. 만족할 수 없는
욕구가 생기기도 한다. 이럴 때는 나를 변명하고,
내 행동을 합리화시키는 마음 작용이 일어난다. 피할 일이다.

나를 인정하고 내려놓아야 한다.
굴절된 빛이 아닌 나에게 바로 쬐이는 빛을
제대로 바라봐야 한다. 있는 그대로 존재하라.

수면이 참으로 고요하다. 파문이 일지 않는 고요한 마음이 수면 위에
퍼진다. 하늘과 물이 맞닿아 두 개의 세상이 하나가 되듯, 하늘과 땅도
그저 하나가 된다. 하나되는 마음을 위해 분노를 삭여야 한다.

144

빛 자체가 아름다운 것인가, 그 주변의 대상들이 아름답기에
그 빛이 아름다운 것인가?

여명, 희미하게 날이 밝아오는 어스름 빛이다.
그림 같은 실제인지 실제를 담아낸 그림인지 분간이 어렵다.
여명이 밝아오면 무거운 삶의 애환도 덩달아 물러난다.

해바라기는 해를 찾지 못해 머리를 떨어뜨린다.
해는 언제나 그 자리에 있는데, 내가 고개를 숙이고, 주변이 움직여
찾지 못한다. 고개 들어 제자리를 지키는 해를 보자.
내 키도 담벼락을 넘어 세상을 바라보기 한다.

풀꽃에 이슬이 맺혔다. 아침 햇살에 보석이 된다.
흘러내리지도 않고 고요히 머무는 이슬 아래로 살아 숨 쉬는 깊고 투명한
실핏줄이 보인다. 고요한 정적 존재에도 역동성이 넘친다.

대숲에서 바람소리를 듣는다. 촘촘한 공간 사이를 스쳐가는 소리가
귓가에 맴돈다. 행복한 대화가 들려와 마음이 따뜻해진다.
괴로움이 즐거움을 더 절실하게 만들 듯, 불행이 있기에 행복이 더욱 소중하듯,
바람과 나무 사이의 간격이 좁을수록 대화가 유쾌하다.

어둠이 빛을 불러낼 때 우리는 저마다 깨달음을 얻는다.
물결치는 마음이 잠잠해진다.

인위의 색과 자연의 색은 교감한다.
구분하지 않는 이상, 이들은 빛을 공유한다. 다만 인간이 자기를 높이기 위해
억지 색을 입힐 뿐이다.

촛불은 바람에 취해 제 몸을 흔든다. 근사한 조명이 방 안에 퍼지면
그보다 적당한 때가 무엇일까 궁금해진다.
촛불을 바라보는 일, 가슴에 빛을 쪼이는 아름다운 퍼포먼스다.

액자에는 액자보다 작은 크기의 사진이 들어간다.
자연의 빛은 액자를 무시한다. 언제나 담을 수 있는 것 이상을 비추고 있다.
마음도 자연과 같기를 소원한다.

빛은 겸허한 노승의 머리 위에도, 번민에 찬 중생의 머리 위에도
차별 없이 비춘다. 참된 평등심이고 공평함이며, 분별없음이다.

희망의 빛은 낡아빠진 마룻바닥도 피해가지 않는다.
마룻바닥이 있어서 빛을 본다. 희망을 느낀다.
나의 존재도 타인을 통해 드러난다.
한 줄기 희망의 빛이 비치는 한,
어디에서고 마룻바닥이 될 준비를 해야 한다.

담장에는 뼈와 살이 있다. 그저 울타리의 경계가 아니다.
우리를 보호하는 것이다. 담장에는 따스한 손길이 서려 있다.
그러기에 우리는 담장에 기댈 수 있다.
그 안에서 안주하며 둥지를 튼다.

담장은 현재와 미래의 가교이다. 미래의 꿈이 여기에서 시작된다.
담장은 나를 돌아보게 하는 거울이 된다.
내 마음의 담장이 높을수록 남을 받아들이기가 어렵다.

담장은 기다림이다. 가슴시린 애환과 그리움의 눈물이 배어
회색빛으로 변해간다. 담장은 언제나 그 자리에 그렇게 서서,
불평 한마디 없다.

어둠이 없다면 빛을 빛이라고 말할 수 없다.
무명(無明)과 무지(無知)도 나를 깨닫게 했던 빛이다.
거짓과 진실, 선과 악, 극락과 지옥이라는 것도 그러하리라.

설산 아래 서 있는 가로등보다 따뜻한 집 안에 있는
내 마음이 더 차다. 그대라는 빛이 없기 때문이다.
가로등처럼 매일 밤, 불을 밝혀 어두운 번민을 밀어내야 한다.

빛이 들면 어둠은 사라지는가, 잠시 몸을 숨기고 있을 뿐인가?
빛이 사라지면 어둠은 다시 제 모습을 드러낸다.
사라졌다 나타나는 것처럼 보이지만 빛이 적어졌을 뿐 그 자리에 있다.
삿된 생각도 그렇다. 번뇌는 어둠처럼 나타났다가
사라지는 것처럼 보이지만 긍정적인 사념들이 적어진 상태일 뿐이다.
그것을 실체인 양 붙들고 괴로워하지 말라.

제 3 부

비운다는 생각도 비워버리고

찰나에 머물라

찰나에 세상만물이 생겼다가
사라지듯, 우리도 찰나에
머무는 지혜를 지녀야 합니다.
그것은 현재에
집중하는 것입니다.
오직 현재에 집중하기,
"나는 누구인가?"
묻고 대답하기,
그 모든 것이 지금 여기에서
알아차리면 되는 것입니다.

찰나에 머물라

　영화나 텔레비전 화면 속에서 폭탄이 터지거나 칼로 자르는 장면이 매우 실감나게 펼쳐집니다. 그렇다고 화면이 터지거나 찢어지지 않습니다. 예쁜 주인공이 닭똥 같은 눈물을 떨궈도 화면에 눈물이 맺히지 않습니다. 화면은 그저 분별심 없이 스스로 머물러 있습니다. 이미 흘러간 장면을 그리워하거나 집착하지 않습니다. 앞으로 나올 장면에 대해서도 기대하거나 기다리지 않습니다.

　오직 지금 여기, 이 순간에 머물 뿐입니다.

　"내일과 다음 생 중에 어느 것이 먼저 찾아올지 우리는 결코 알 수가 없다."

　티베트 속담을 예를 들 것도 없습니다. 문 밖이 저승길이라고 우리의 내일이 어찌 될 지 아무도 모릅니다. 그러기에 우리는 오늘, 이 순간 찰나에 머무는 것에 집중해야 합니다.

　찰나(刹那)는 불교에서 말하는 시간의 최소 단위입니다. 산스끄리뜨어로는 '끄샤나'라고 합니다. 순간을 음역한 것입니다. 《아비달마대비바사론》에 따르면, 1찰나는 75분의 1초(약 0.013초)라는 매우 짧은 순간이지요. 불교에서는 모든 것이 1찰나마다 생겼다가 멸하고, 멸했다가 생기면서 이어 나간다고 말합니다. 찰나

생멸(刹那生滅)·찰나무상(刹那無常)이 그것입니다.

찰나에 세상만물이 생겼다가 사라지듯, 우리도 찰나에 머무는 지혜를 지녀야 합니다. 그것은 현재에 집중하는 것입니다. 오직 현재에 집중하기, "나는 누구인가?" 묻고 대답하기, 그 모든 것이 지금 여기에서 알아차리면 되는 것입니다.

라디오의 주파수가 맞지 않을 때는 잡음만이 들립니다. 채널을 이리저리 돌려서 주파수가 맞으면 어느 순간 명료한 소리가 납니다. 찰나에 머무는 것도 라디오의 주파수를 맞추는 것이나 다름없습니다.

찰나에 머무는 방법은 어렵지 않습니다. 일상에서 빨래를 하거나 설거지를 할 때, 무언가 씻을 때도 명상에 드는 것입니다.

일을 하면서 집중하는 것은 세심(洗心)하는 일입니다. 인도 도비(세탁업자)들이 빨랫감을 머리 위로 회오리처럼 돌려 내려쳐 빨래를 빨듯, 일하면서도 우리의 마음을 채찍질하며 세심해야 합니다.

다른 어떤 명상법보다 설거지나 빨래 명상은 몸과 마음을 정화하는 효과가 높습니다. 빨래하며, 설거지하며, 자신의 마음을 씻으십시오.

세심(洗心) 명상에 몰입하십시오

설거지나, 빨래 명상은 생각보다 쉽습니다. 집 안에 씻을 물건이 있다면 번거롭게 준비할 것도 없습니다. 시간에 구애받지도 않으니 지금 바로 시작해 보십시오.

1단계 : 빨래할 때는 빨래에만 집중하십시오. 설거지할 때도 마찬가지입니다.

2단계 : 빨래하다가 설거지하다가 다른 생각이 들면 이렇게 하십시오. 그때마다 매순간 그 일어난 생각을 알아차리고, 다시 빨래와 설거지로 의식을 돌립니다.

3단계 : 일에 집중하고, 다르게 일어나는 생각을 알아차리고, 다시 집중하는 일을 반복하십시오.

단지 이 순간에 존재하라. 고통과 편안함, 기쁨과 슬픔도…
밀물과 썰물처럼 인생의 물결일 뿐이다. 순간의 흐름에 몸과 마음을 맡겨라.
깨달음이란 저 멀리 어딘가에서 획득하는 것이 아니다.
지금 여기에 나를 내놓을 때 저절로 알게 되는 것이다. 모든 것들의
시작이면서 끝인 이 순간, 그저 존재하라.

아무리 움직여도, 아무리 흔들려도, 아무리 넘어져도,
아무리 요동쳐도, 그 자리에 그러하게 있는 것들이 있다.
그네와, 흔들의자와,
오뚝이와, 해먹이다. 마음아! 이것을 보고 배우라.

찰나, 연속된 시간의 한 자락을 떼어낸 이름이다.
찰나는 솟아오르고 떨어지는 분수의 물방울들을 섬세하게 배열한다.
물방울이 붉은 꽃잎 위에 놓이면 붉게 보이듯, 마음도 원래는
맑게 비어 있다. 아상과 아집으로 인해 검고 탁하게 보일 뿐이다.
마음을 아름다운 자연 위에 올려놓고 찰나에 머물라.

행복과 불행도, 슬픔과 기쁨도, 고통과 아픔도, 모든 번민은
스스로 만들어낸 것이다. 산은 산이요, 물은 물이다.
자연은 스스로 있는 본 모습이다. 번민을 내려놓고 어떤 마음 작용도 없이
자연을 닮아야 한다. 존재하면 된다.

바다도 물이고, 바다에 흘러들 강물도 물이고, 강물에서 떠낸
한 동이의 물도 물이다. 물은 그저 물이다.
나타난 모습(色)과 이름(名)만 다르다. 수많은 이름들이 바다로 모인다.
애쓰며 이끌지 않아도 부추기지 않아도 모두가 바다를 향해간다.
단조롭고도 거대한 자연의 원리이다. 수많은 종류의 아픔도
번민의 다른 이름일 뿐이다. 저 거대한 자연처럼 그저 내려놓기만 하면
나 또한 바다로 흘러들 것이다.

흐르는 대로 흘러라. 짧은 시간도 긴 시간도 인생의 길 위에
흘러간다. 행복은 비교해서 생기는 희열이 아니다.
흐르는 대로 흘러갈 때 따라오는 평온함이다. 길은 길일 뿐,
바른 길도 틀린 길도 없다. 지금 이 순간이 이끄는 대로 흘러라.

저물어가는 가을 들녘의 석양. 사라지기 전,
온전히 불태우는 빛이다. 저 빛이 참된 모습일까?
영원하지 않는 찰나이기에 더 아름다워 보인다.

신비로움이란 늘 보는 것과는 다른 체험이다.
세상을 다르게 보게 하는 것이다. 때론 낯설게 만들기도 한다.
그러하기에 '신비로움'은 아름다움의 본질이기도 하다.
역광에 눈부시게 빛나는 사물이 전혀 다르게 다가오기도 한다.

한번 담근 시냇물에 발을 다시 담글 수는 없다.
만물유전(萬物流轉)인 까닭이다. 사진으로는 찰나의 물 흐름도
머물게 한다. 흐름은 찰나들의 연속일 뿐이다.

'순간 멈춤'의 연속이 흐름이다. 그것을 법(法)이라 한다.
법은 물 '수(水)'자에 갈 '거(去)'가 뭉친 것이다.
물이 흐르는 것처럼 흘러가는 것이 법(진리, 진실)이다.

공경과 겸손의 마음으로 나를 버리지 않으면 높은 자리도 낮아 보이고,
좋은 음식도 쓰다. 머리를 숙여 나를 낮출 때
낮은 자리는 높아지고, 볼품없는 음식도 감사하다. 그것이 행복이다.

고요한 상태에서 자연이 빛날 때 우리는 어진 사람이 된다.
주관이 사라지고 진리를 대할 때, 내가 곧 자연이 될 때
더없이 큰 기쁨을 느낀다. 인위만 들어찬 곳에서도 자연 삼매에 빠질 수 있다.
마음으로 그리기만 하면 자연 삼매경에 들 수 있다.

실현될 수 있는 것은 절실하다.
이루어질 수 없는 것이라면 절실할 수도 없다.

문을 열고 나가려니 길이 없다. 안으로, 내면으로
돌아들어 갈 수밖에 없다. 아니면 비상(飛上)하든가…

초침이 없다면 분침과 시침도 움직이지 않는다.
초침의 미미한 행로가 막히면 다른 길도
멈추어야 한다. 소중하고 귀한 것은 작은 것에서부터 시작한다.
일 초가 세상을 이끌고 변화시킨다.

에너지(氣)는 편재한다. 벽에 목판을 걸었더니 살아 움직인다.
목판 속에서도 역동하는 장인의 자유로운 손길과
열정이 전해진다. 에너지는 모든 만물에서 뿜어져 나오는 것이다.

어디가 안이고, 어디가 밖일까? 창살 저편이 밖이고,
이편이 안이다. 창살 저편에서는 이편이 밖이고, 저편이 안이다.
마음의 안과 밖도 수시로 뒤바뀐다.

앞마당과 앞길을 깨끗이 쓸듯이 마음의 마당과 길도 깨끗이 쓸어야 한다.
번뇌와 미망과 탐욕은 내버려두면 저절로 쌓인다.
마음의 빗자루로 지저분한 것들을 쓸어내고 텅 빈 충만으로 채워라.

급하다고 바늘허리에 실을 감으려는 마음은 꼼수다.
한 땀 한 땀 제대로 떠야 한다. 바늘허리 가는 시간에 바늘구멍에
실을 끼워라. 꼼수는 정석보다 빠를 수 없다.
언제 틀어질까 근심하는 마음은 덤이다. 꼼수의 유혹이
찾아오더라도 정도의 길을 걸어라.

빗방울을 머금은 백매(白梅)는
청매(靑梅)를 영글기 위해서다.
굳은 절개와 고결함이 스민 상큼한
꽃내음이 더욱 진해진다.

날마다 닦지 않으면
내 마음의 깨끗함도 오래가지 않는다.
더럽혀져 굳어진 내 마음의 때를
밀어줄 사람은 때밀이가 아니다.

애욕을 사르는 길

혹 '개 같은 인생'이라고
말하거든 비하하거나 욕하는
말이 아니라고 생각하십시오.
개 같은 인생이야말로
행복한 인생입니다.
번뇌와 욕망을 내려놓고
고요한 몸과 마음으로
안분지족을 실천하세요.
행복을 밖에서 구하지 말고
내면에서 찾으세요.

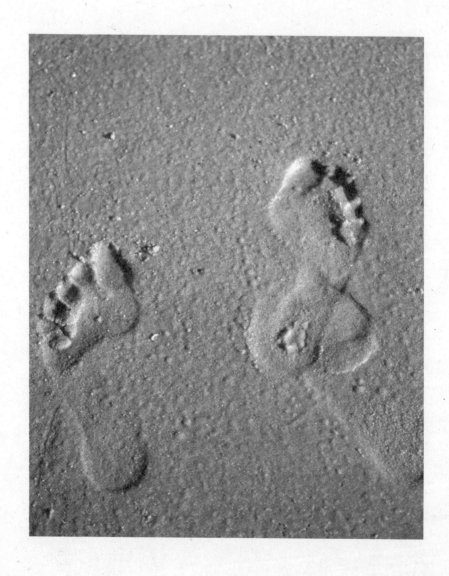

그저… 바라보기

대욕을 사르는 길

행복한 사람의 조건은 무엇일까요. 앤소니 드 멜로 신부는 "밑천도 없고 가망도 없는데 바라지도 않는 사람"이라고 하더군요. 밑천을 만들려 애쓰고, 작은 가능성에 목을 매고, 만족하는 법 없이 욕심을 부리면 행복하지 않습니다.

행복하지 않다면 바로 내려놓으세요. 당신의 행복보다 가치 있는 밑천은 없습니다. 당신의 웃음보다 값진 희망도 없지요. 욕심을 부려도 괴롭기만 하다면 무슨 소용이 있을까요. 내려놓고 행복을 구하세요.

지리산 아슈람에서 뛰노는 다섯 마리 개들이 행복하지 않은 당신에게 전합니다.

"그렇습니다. 우리는 개입니다. 개라서 기쁩니다. 아무것도 가지지 않고 허황된 희망을 품지도 않습니다. 욕심이 없으니 서로 다툴 일도 없습니다. 배가 고프면 먹고 바람 불면 털을 고릅니다. 나른한 햇살에 몸을 늘어뜨려도 무엇 하나 방해하지 않습니다. 우리는 매순간 행복합니다."

아슈람의 개들은 앤소니 신부가 말한 행복의 세 가지 조건을 모두 갖추고 있습니다. 혹 '개 같은 인생'이라고 말하거든 비하하거나 욕하는 말이 아니라고 생각하십시오. 개 같은 인생이야말로 행복한 인생입니다. 번뇌와 욕망을 내려놓고 고요한 몸과 마음으로 안분지족을 실천하세요. 행복을 밖에서 구하지 말고 내면에서 찾으세요. 욕망과 업과 번뇌에 찌든 현상적 자아를 뒤로하고 '참 나'를 발견할 때 행복은 저절로 찾아옵니다.

욕망과 업과 번뇌에 찌들 때 무정물(無情物) 명상에 들어보십시오.

무정물 명상은 무심코 지나칠 수 있는 사물에 마음을 담아, 삶의 아름다움을 돌아보게 하는 것입니다. 볏짚이 말라 푸석하다고 죽어 있는 것은 아닙니다. 볏짚에 빗방울이 들면 맑은 수정을 영글게 하고, 아궁이에 들어가면 활활 불 기운으로 되살아납니다. 그런 마음을 느끼는 것이 무정물 명상법입니다.

그저… 바라보기

무정물(無情物) 명상에 몰입하세요

1단계 : 무정물을 선택해 앉거나 섭니다
마음에 드는, 눈에 보이는 무정물을 찾아서 곁에 고요히 서거나 앉습니다.

2단계 : 무정물이 품고 있는 이미지를 눈을 감고 떠올립니다
우주의 다섯 원소(요소)를 느껴봅니다. 또 그 무정물이 암시하는 이미지를 고요히 눈을 감고 그려봅니다. 무심코 지나쳤던 무정물의 본질이 여실히 드러날 것이며, 입 없이 하는 그의 말이 들릴 것입니다.

소나무를 선택했으면 이렇게 하십시오. 소나무 앞에 서서 소나무의 전체를, 기둥을, 가지를, 솔방울을, 바늘 같은 솔잎을, 송홧가루를 찬찬히 들여다봅니다. 소나무가 가지고 있는 속성을 생각합니다. 고결, 청정, 상록, 기개, 선비사상, 모래사장에서도 살 수 있는 강인한 생명력, 솔잎은 소화불량 또는 강장제로, 꽃은 이질에, 송진은 고약의 원료 등에 약용으로 쓰임을 생각합니다. 송홧가루로 다식을, 껍질은 송기떡을 만들어 먹고, 건축재 · 펄프용재로 이용되고, 관상용 · 정자목 · 신목 · 당산목으로 많이 심은 이유를 생각합니다. 소나무에 대해 알고 있는 모든 것을 떠올리는 것입니다.

3단계 : 자신 스스로 그 무정물이 되십시오
내가 소나무라고 생각합니다. 그 순간만은 자신이 소나무가 됩니다. 말없이 전해주는 그의 말을 가슴을 열고 경청합니다. 그 순간 그렇게 자연이 됩니다.

나를 변화시키는 힘은 여러가지다. 삶을 아우르는 지혜와 경륜에는
한계와 제한이 없다. 아무리 사용해도 닳지 않으며,
퍼주어도 줄어들지 않는다. 욕망 없이, 결과에 집착하지 않고 행하는 것은
참된 지혜와 경륜에서 나온다.
진정한 나눔과 봉사, 못 퍼내주어서 안달이어야 한다.

남을 먼저 생각하는 마음, 이타행은 결국 나를 향해 있다.
부메랑처럼 날아와 타인의 이타행으로 보살핌 받는다.
보살심으로 타인을 바라보고 그들을 위한 존재가 되려 할 때
나를 위한 향기가 퍼진다. 그러니 잠시 호흡을 고르고 주변을 돌아보라. 매순간
치열하지 않아도 좋다. 도움이 필요한 이들에게 있는 모습 그대로 다가가라.
삶에 충만한 만족이 찾아올 것이다. 바라보는 것만으로도,
존재하는 것만으로도 삶의 향기가 퍼진다.

"나쁜 짓을 하는 사람도 본바탕이 나쁜 것은 아니다. 나쁜 버릇이
좋지 못한 일을 저지르게 할 뿐이다."
후한(後漢) 말 진식(陳寔)에 따르면, 군자는 나쁜 버릇 대신
좋은 버릇을 가진 사람일 따름이다.
좋은 사람과 나쁜 사람은 소소한 차이로 나뉜다.
누구나 한 가지 버릇은 있다. 좋은 버릇을 들일지, 나쁜 습관을 가질지
선택하는 건 스스로의 몫이다.

이기적인 말, 대접받길 바라는 행동이 마음을 어지럽힐 수 있다.

결과에 집착하지 않고 욕심 없이 행동하되 보상을 바라지 않을 때 마음에
장애가 일어나지 않는다. "그저 모르는 마음으로, 단지 행한다."라고 했던
숭산 큰스님의 가르침이 이와 같다.

상처가 나도 아름다운 것은 함께 있기 때문이다.

어떤 이가 검게 퇴색될 때 다른 이는 여전히 푸르다.

어떤 색을 띄든 자기를 내세우지 않고 제자리를 지킬 때 어우러질 수 있다.

더불어 존재할 때 상처는 '아뭄'의 색으로 바뀐다.

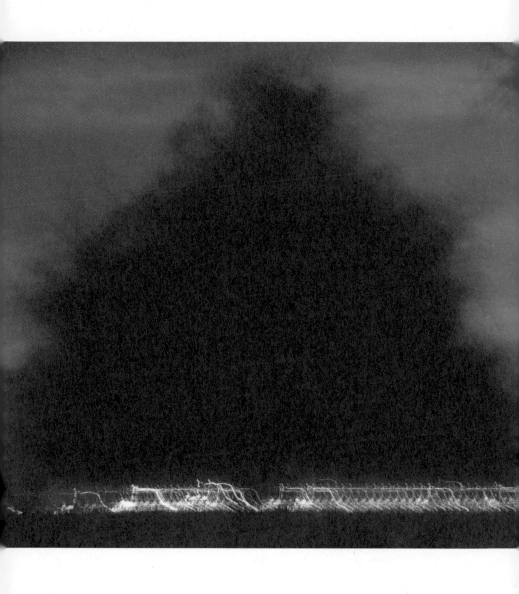

그저… 바라보기

먹구름이 달을 가려도, 달은 여전히 그곳에 있다.
같은 자리에서 빛나고 있다. 비관적인 생각이
마음을 가려도 여여(如如)하라.
먹구름을 거두려고 애쓸 필요는 없다.
그저 바라보며 기다리면
자연히 스스로 거두어질 일이다.

준비는 언제나 미리 하는 것이다. 그래서 준비다.
미리 하는 준비를 계속 하다보면
나중까지 할 수도 있다. 준비만 하다 마치는 인생은
얼마나 공허한가. 지금껏 준비해왔다면
이제 멈추고, 바로 이 순간 지금 여기를 즐겨라!

물풀은 수면 아래서 흔들려도 해를 보며 자란다.
같은 자세로 오래 설 수 없다고 서 있지 않은 건 아니다.
세상의 파랑에 휩쓸리는 우리는 서 있기나 한가?

겨울바람을 이기는 마지막 잎사귀는 질긴 생명력인가, 붙들고 있는
마지막 희망인가? 제 구실 다하고 놓음의 철학을
준비하는 노승인가? 덜 익은 잎사귀일수록 오랫동안 줄기를 놓지 않는다.

안주(安住)는 그리 대단한 것을 필요로 하지 않는다.
넓고 따뜻한 자리도 필요로 하지 않는다. 내치지 않고 가장자리를
내어주는 것만으로도 만족한다.

씻을 수 없는 상처로 온몸과 마음이 만신창이가 된 이를 위해
녹아서 작아지는 비누처럼 나를 녹인다. 녹지 않으면 비누는
쓸모없는 물건이다. 나만을 주장하고 내 사랑만
안타깝다 아끼고 있으면, 물에 녹지 않는 비누와 다를 바 없다.
진정 사랑한다고 말할 수 있으려면 사랑하는 당신에게 언제나 작아지고
녹아지는 비누가 되어야 한다.

가슴에 대못 박힌 것을 두려워 말자. 그 대못이 있어 벽이 역할을 하듯,
시린 가슴이 있어 오늘도 삶은 끈끈히 지탱된다.

"돈으로 집을 살 수는 있어도 가정을 살 수는 없다. 돈으로 시계는 살 수
있어도, 시간은 살수 없다. … 20개를 지인, 친구들, 가족에게 보내시오."
어느 날 행운의 편지가 배달됐다.
돈으로 행운을 살 수는 없으니, 돈을 보내는 대신 이 메시지를 보낸단다.
고맙기도 하다. 행운이 이렇게 간단한 방법으로 오는 것이라면…
그 행운이 귀중하고 참다운 것일까? 아니다.
행운이 문을 두드리길 기다리지 말자. 행운의 문을 먼저 두드려야 한다.

몸속에 있을 땐 아무렇지 않지만, 밖으로 나오면 오물로 취급되는 것. 똥이다.
인도인들은 소똥을 다듬어 밥 짓는 연료로 쓴다. 아슈람 바닥에는
소똥이 얇게 발려 있다. 해충의 침입과 지열을 방지하기 위해서이다.
"소는 하나도 버릴 것이 없다."
붓다는 예찬했다. 분비물까지도 유용하게 쓰이는 걸 보면 정확한 통찰이다.

소똥도 약에 쓰는 인도는 본능이 부끄럽지 않은 나라이다.
소똥을 들고 소풍을 가도 이상하지 않다.
보는 우리가 부끄러울 뿐이다. 그저 그러하게 사는 것이 자연스러운데 삶이
내버려두지 않는다. 눈치 보느라, 체면 챙기랴,
조금이라도 손해 볼까 노심초사다.

타인에게 해를 끼치지 않는 본능은 유익하다.

배고프면 먹고, 잠이 오면 자야 몸에 이롭다. 누구도 금한 적 없는

본능을 왜 스스로 억압하려 할까?

똥은 아름다운 흔적이다. 사랑하고 싶다면 사랑하라.

자연스러움은 본능을 충실히 따르는 것이다.

가녀린 거미줄이 고드름을 놓지 않는다.

실긴 애욕(愛慾)이다. 우리 인연의 거미줄도 그러하다. 약한 것 같지만,

사소한 것 같지만 끊기가 매우 어렵다.

필요한 만큼만 가져라. 탐욕은 '조금 더' 원하는 것에서 비롯된다.

반드시 필요한 것만 취하고 나머지를 돌려주어야 한다. 탐욕은 처음에는

이득을 붙잡게 하지만 곧 인생을 붙잡는다.

필요한 만큼 가지는 것에 익숙해지면 필요한 것보다 조금 덜 가져라.

나의 필요를 남에게 나눠주는 것이 진정한 희생이다.

욕망하고, 갈구하고, 집착한다고
내 것이 되는 것은 아니다. 갈구하고 애절하게
집착한다고 해서 가질 수 있는 것이 아니다.
있는 그대로를 보고 있는 그대로를 만족하라.
그리하면 갈구와 욕망은 달아난다.

인연의 줄을 놓으라

인연이라는 줄에 너무
끄달리지는 마십시오. 촛불을
보십시오. 불을 붙이면
그냥 제 몸을 태웁니다.
촛불이 누구를 위해 태운다고
생색내는 것을 본 적은
없습니다. 사회적 관계,
인연은 생명이 다하면 스스로
떠나고, 새 생명이 돋으면
찾아드는 것입니다.
인연에 집착하는 것은 마음을
좀먹는 일입니다.

그저… 바라보기

인연의 줌을 늦으라

주는 것 없이 미운 사람이 있습니다. 다 퍼주어도 아깝지 않은 사람도 있지요. 서로 주고받는 파동 에너지가 맞으면 아무리 주어도 아깝지 않고, 맞지 않으면 옆에 있는 것조차 불편합니다. 사랑에 눈이 멀면 누구도 말릴 수 없습니다. 어울리지 않아 보이는 두 사람이 사랑에 빠진다면 서로의 파동 에너지가 일치했기 때문입니다. 그들에게 생김새나 조건은 아무것도 아닙니다.

파동 에너지는 호흡하는 것입니다. 사랑은 호흡이 맞아야 할 수 있지요. 호흡이 서로 다르다면 불편해서 등을 돌리게 됩니다. 겉모습과 성격이 다르더라도 파동 에너지가 맞다면 '유유상종' 서로 끌리게 됩니다.

인생이란 본디 홀로 왔다 홀로 가는 것. 살면서 도반과 반려자가 꼭 필요합니다. 아껴주고 채워주며 한결같은 마음으로 대할 수 있는 이와 함께하면 그 생은 전혀 아깝지 않습니다. 파동 에너지가 맞는 이를 찾는 것은 생 전체를 두고 해야할 일입니다.

"누군가를 사랑하고 사랑받는다는 것은 양쪽에서 햇볕을 쪼이는 것처럼 서로의 따스한 볕을 나누는 것이다. 그리고 그 정성을 잊지 않는 것이다. 우리 서로에게 걸맞은 태양이 되자. 그리하여 영원히 마주 보고 비춰주자."

라파엘로의 말이 가슴에 와닿습니다. 사랑하는 사람은 메아리처럼 나는 너에게, 너는 나에게, 서로에게 반영됩니다.

그렇지만 인연이라는 줄에 너무 끄달리지는 마십시오. 촛불을 보십시오. 불을 붙이면 그냥 제 몸을 태웁니다. 촛불이 누구를 위해 태운다고 생색내는 것을 본 적은 없습니다. 사회적 관계, 인연은 생명이 다하면 스스로 떠나고, 새 생명이 돋으면 찾아드는 것입니다. 인연에 집착하는 것은 마음을 좀먹는 일입니다.

♥

인연이 마음을 심란스럽게 할 때는 꾼달리니 명상이 도움을 줍니다. 잠자고 있는 꾼달리니(에너지)를 일깨우기(각성) 위해, 몸 안에 잠재되어 있는 에너지를 정화하고 해방시킵니다.

진동으로 에너지를 일으키고 자유스런 춤과 정좌, 전적인 휴식으로 이루어졌습니다. 하루에 쌓인 스트레스와 소음을 청소하고, 새로운 에너지와 내면의 침묵으로 들어가는 저녁 명상입니다. 다이나믹 명상법이 남성적이라면 꾼달리니 명상법은 여성적이라고 할 수 있습니다. 능동적으로 흔들지 말고 흔들림이 일어나게 하는 것이 좋습니다. 고요히 서서 진동이 오는 것을 느끼고 몸에 어떠한 반응이 오거든 그것을 발전시키며, 그것을 즐기고 축복을 느끼고 허용하고 받아들이고 환영하면 됩니다..

오쇼는 꾼달리니 명상에 대해 이렇게 말했습니다.

"그러나 의도적으로 하지는 말라. 그것을 강요한다면 그것은 하나의 운동이 되며 몸으로 하는 체조가 될 것이다. 그러면 흔들림은 표면적일 뿐이며 그대의 내면을 관통하지 못할 것이다. 그대의 내면은 돌이나 바위처럼 단단하게 남을 것이다. 그대는 조작자, 행위자가 되어 몸을 움직이게 될 것이다. 몸의 움직임이 중요한 것이 아니다. 그대가 중요한 것이다."

그저… 바라보기

꾼달리니 명상에 몰입하세요

3단계까지는 음악이 있지만 마지막 단계에는 고요히 이완합니다. 명상에 사용하는 음악은 오쇼의 특별한 지시로 작곡된 것입니다. 몸을 떠는 것으로 시작해서 춤추고 멈추었다가 고요하게 있는 것으로 마무리합니다.

1단계 : 몸의 진동 허용하기 (15분)

몸에 힘을 뺀 상태에서 온몸이 흔들리게 합니다. 사지를 움직여 진동을 느낍니다. 긴장을 풀고 어깨너비로 발을 벌리고 서서, 몸 전체가 흔들리게 합니다. 에너지가 발로부터 올라오는 것을 느껴야 합니다. 몸 전체의 긴장을 풀고 나중에 자발적으로 떨리게 될 때 모든 것을 놓아버리고 흔들림(떨림) 그 자체가 되어야 합니다. 눈은 감거나 뜨거나 편하게 합니다. 다만 발을 떼면 안 됩니다.

2단계 : 춤 추기 (15분)

느끼는 대로 춤을 춥니다. 어떤 방식이든 몸이 움직이고 싶은 대로, 원하는 대로 움직이게 합니다. 에너지의 흐름을 따라 춤 그 자체가 됩니다.

3단계 : 바라보기 (15분)

눈을 감고 가만히 앉거나 섭니다. 당신의 안과 밖의 모든 것을 바라봅니다. 침묵하며 내면이나 외부에서 일어나는 모든 것을 바라봅니다.

4단계 : 이완 (15분)

눈을 감고 그대로 가만히 누워 있습니다. 자신의 몸을 주시합니다. 부정적인 모든 것을 털어냅니다.

눈(眼)은 눈을 보지 못한다. 거울에 비친 눈도 진정한 실체가 아니다.
눈이라는 실체의 거울에 비친 현상일 뿐이다.
그래도 눈은 존재한다. 눈이 내 몸에 있음을 느낀다.
'참 나'도 눈과 같다. '참 나'가 보이지 않는다고 해서 존재하지 않는 건 아니다.
그저 직관의 형식으로 알아차릴 수밖에 없다. 보이지 않는
존재의 실체를 인정하고, 아트만(Atman)이라고 부르는 것,
독립적인 존재의 실체를 부인하는 안아뜨만(Anatman)이라고
부르는 것의 차이는 '바라보는 눈'에 달려 있다.

내 속에 이상이 가득 찰수록, 남을 포용할 자리는 없다.
주먹 쥔 손으로 다른 그 어떤 것도 잡을 수 없듯이,
놓아야만 다른 것을 잡을 수 있다. 타인에게 빈틈을 보여야
비집고 들어올 수 있다. 문을 닫아 놓고, '왜 들어오지 않느냐?' 한다.
문을 열어주지 않고, '왜 나가지 않느냐?' 한다.

시인 정현종은 사람이 오는 걸 '어마어마하다'고 표현한다.
단지 몸만 오는 게 아니라 그의 인생도 함께 오기 때문이라는 것이다.
문과 마음을 열어놓기만 하면 어마어마한 일이 벌어진다.

비운다는 생각도 비워버리고

'사랑의 소통'은 타인에 대한 이해와 관용, 배려가 우선이다.
'힘겨루기'는 타인을 이기고자 하는 기싸움이다.
힘겨루기인가, 사랑의 소통인가? 투쟁의 인간이 될 것인가,
소통하는 인간이 될 것인가?

공자는 돌에도 예를 표했다.
지금, 돌은 고사하고 가까이 있는 지인들을 예로써 대하고 있는가?

초록의 산과 흰 눈의 산이 공존하는 세상이 있다.
제자리에서 자기의 모습대로 존재하며 더불어 함께하는 것이
소통과 공유이다. 공존과 조화이다.

완전한 비움 속에 진정한 채움이 있지만 그리움은 비우지 않아도 된다.
그리움은 그 자체로 완전해서, 채우면 더 이상 그리움이 아니다.
그리움이 채워질까 봐 가슴 한 구석을 비워놓는다.
누군가를 그리워한다는 것은 사랑이 메마르지 않았다는 증거이다.

그저… 바라보기

"내가 말한들 네가 나의 아픔을 똑같이 느낄 수 있겠니?"
배가 아프다는 인도 친구에게 "어디가 어떻게 아픈가?" 물었더니
돌아온 대답이다.
환자의 병을 의사가 잘 안다고 한들 환자의 아픔을
고스란히 느끼지는 못한다. 사과의 맛을 수분과 당도 따위의 수치로
표시해봤자 씹어보는 것만 못하다. 깨달음과 진리도 마찬가지이다.
누군가 깨달음과 진리를 설명해도 그의 깨달음일 뿐 나의 깨달음이
될 수는 없다. 머리가 아닌 가슴으로, 직접 경험해야 한다.

그저… 바라보기

닮는다는 건 그림자가 되는 것이다. 나를 내세우지 않고 바로 지금
여기에서 함께 호흡하는 것이다. 있는 그대로를 받아들여라.
누군가를 생각하는 것만으로도, 그림자가 되는 것만으로도
그 존재는 살 의미와 가치가 있는 것이다.

녹색 잎들은 꽃이 아름답게 피어나도록 그 배경이 되어준다.
누군가에게 아름다운 배경이 되어라. 녹색 잎처럼 스스로 맑고 푸르러라.

구르는 돌에는 이끼가 끼지 않는다. 부지런히 노력하면 나쁜 일이
안 생긴다는 뜻이다. 한 가지 일을 꾸준히 하지 않으면
이득이 생기지 않는다는 뜻도 있다. 대상을 바라보는 관점에 따라
의미가 달라진다. 관점보다 중요한 것은 본질이다.

사랑하는 이가 죽으면 자신의 감정에만 북받쳐 울고 있을 일이 아니다.
그렇게 슬퍼하는 모습을 뒤로 하고 내딛는 걸음이 얼마나 무겁겠는가?
울다가도 한 번씩 미소지어주자. 편안히 가시도록…

이끼는 담요가 되어 바위를 덮는다. 이끼는 제가 자라는 땅을
포근히 감싸 안는다. 누구나 멀리하고자 하는
그 죽음마저도 감싼다.

행복에 이르는 순간

라디오의 주파수가 제대로
맞지 않으면 이상한
잡음만 들립니다. 그러나
제대로 맞았을 때는
맑고 고운 소리가 우리의
귀를 간지럽힙니다.
우리의 행복과 불행도
그와 같습니다.
주파수를 잘 맞추면 우리는
행복의 길로 들어섭니다.

행복에 이르는 순간

꽃잎에 떨어지는 빗방울 하나가 온 우주를 뒤흔듭니다. 꽃잎도 빗방울 옆에 자리를 차지하고 그렇게 안주하고 있습니다. 그 파동으로 내 마음까지 흔들립니다. 초겨울 바람부는 날, 비 온 웅덩이에 온 우주가 담겨 있습니다. 낙엽도 말 없이 그렇게, 그곳에 안주하고 있습니다. 마지막 생을 불사르고 있는 야생화들이 콘크리트 바닥에서 눈여겨보아 주는 이 없어도, 겨울 햇볕에 방긋 웃으며 그렇게, 그곳에 안주하고 있습니다.

스산하지만 행복한 풍경입니다. 마지막 생을 갈무리하려는 작은 몸짓들이 결코 초라하거나 비굴해 보이지 않은 까닭입니다. 우리는 행운을 손에 넣기 위해 현재의 만족과 행복을 무시하거나 등한시하는 때가 많습니다. 아니 짓밟기까지 합니다. '행운'의 네 잎 클로버를 찾기 위해, 세 잎 클로버를 두 발로 뭉개며 토끼 풀 밭을 헤매다니듯 말입니다.

라디오의 주파수가 제대로 맞지 않으면 이상한 잡음만 들립니다. 그러나 제대로 맞았을 때는 맑고 고운 소리가 우리의 귀를 간지럽힙니다.

우리의 행복과 불행도 그와 같습니다. 주파수를 잘 맞추면 우리는 행복의 길로 들어섭니다. 그렇다고 늘 행복한 것도 아닙니다. 무지와 부주의로 주파수를 움직이면 불행이 찾아들기도 합니다.

주파수를 맞추는 손은 나의 의지, 마음입니다. 행복도 불행도 나의 의지, 마음에 달려 있습니다. 어느 쪽으로 움직이는가는 내 마음에 달려 있습니다. 마음을 열어야 합니다. 오픈 마인드(open mind)한 다음에, 오픈 핸드(open hand)하면 행복은 찾아듭니다. 내 손아귀에 무엇을 채우려 하지 않고, 툭 놓아버릴 때 우리는 무집착의 마음, '참 나'를 만나고, 그 기쁜 행복에 젖어들게 됩니다.

들어오는 것 막지 말고, 나가는 것도 잡지 마십시오. 어느 한 쪽으로도 기울지 않는 무집착의 마음을 열기 위해서는 명상을 생활화해야 합니다.

미간에 의식을 집중하는 샴바위 무드라 명상법을 권하고 싶습니다. 이 명상법은 가장 강렬하고 빠르게 초능력과 깨달음을 얻을 수 있는 방법입니다. 피타고라스가 했다는 명상법입니다. 모든 명상 수행자나 신비가들은 이 명상법을 의식적으로든 무의식적으로든 한 번은 거쳐 간다고 합니다. 미간은 우리 인체에서 가장 신비스러운 부분이기 때문입니다.

미간은 생리학적으로 송과선(松果腺)이 있는 곳입니다. 철학자 데카르트는 인간의 정신과 육체가 미간에서 결합된다고 했습니다. 중국이나 인도에서는 이곳을 지혜의 근원이라고 하며 상단전 또는 '아갸 짜끄라'라고 부릅니다. 이곳을 제3의 눈, 인당이라고도 부릅니다. 수많은 신비가들은 미간에서 초능력이나 지혜와 같은 초이성적인 능력이 나온다고 말합니다. 영안, 천안, 상상의 눈, 혼의 눈, 지혜의 눈, 쉬와(Siva)의 눈, 딴뜨라의 눈 등으로 불리기도 합니다.

제3의 눈 미간은 그 자체로도 빛을 냅니다. 이 빛은 주로 마음의 힘과 결부된 의지의 투사체입니다. 그래서 제3의 눈은 물질의 배후세계가 나타나는 수동적인 기능뿐만이 아니라, 인간의 의지를 성취시키는 능동적인 기능을 갖기도 합니다. 남에게 내 생각을 전달할 수도 있고, 물질세계를 조작할 수도 있습니다. 또한 자기 뜻대로 어떤 일을 실현할 수도 있고, 지배할 수도 있다고 합니다. 미간을 일깨워 활동시키는 것은 오직 의식의 집중에 의해서만 가능합니다.

아쉽습니다. 이러한 능력은 누구나 갖고 있으나 아직은 잠자고 있습니다.

샴바위 무드라 명상법에 집중하십시오

1단계 : 편안하게 앉아 미간에 집중하십시오

편안하게 앉아서 눈을 감고 두 눈썹 가운데서 5mm 정도 위쪽에 의식을 집중합니다. 눈을 감은 상태로 눈동자를 위로 치켜뜹니다. 집중하고 있으면 자연스럽게 빨려 들어가듯이 모아집니다. 눈동자보다 마음을 집중해야 합니다.

2단계 : 암흑 속 집중점에 몰입하십시오

처음에는 아무것도 보이지 않고 머리가 아픈 듯한 불쾌감을 느끼는 경우도 있으나, 계속 집중하고 있으면 두 눈이 마치 자석에 빨려 들어가듯 모든 의식이 그곳에 집중됩니다. 이때 무겁고 기분 나쁜 덩어리 같은 것이 생기는 수가 있습니다. 대개 이마 속에 나타나지 않고, 암흑 속에서 20~30cm 전방에 집중점이 형성되는 것이 보통입니다.

이 명상법을 할 때 눈동자를 무리하게 모으려고 하거나, 몸에 이상이 있으면, 상기되거나 두통이 찾아올 수 있습니다. 하단전에 의식을 집중하고 조용히 호흡하면 대개 사라집니다. 그래도 없어지지 않으면 자세와 호흡을 바꾸고 당분간 이 명상을 하지 않는 것이 좋습니다.

이 명상법은 강렬한 반면에 위험도 따릅니다. 심신이 완전히 건강한 사람이 아니면 피해야 합니다. 특히 혈압이 높거나 상기가 잘되는 사람 등은 절대하지 말아야 하며, 정신적인 결함이 있는 사람에게도 위험합니다.

몰입하면 점점 마음이 가라앉고 어둠 속에서 작은 별 같은 빛이 나타납니다. 처음에는 1~2초 정도 나타났다 없어지나 집중을 계속하면 수 분 동안 나타납니다. 이 빛은 처음에는 이곳저곳으로 움직이는 경우도 있으므로, 집중을 강화하여 한 점으로 모으도록 노력해야 합니다.

그저… 바라보기

3단계 : 투명한 흰 빛과 자신을 일체화합니다

집중이 점점 깊어짐에 따라 그 빛은 점점 커집니다. 계란 정도에서 얼굴 크기만큼 커지면서 점점 투명한 흰빛으로 변해갑니다. 이때에는 의지의 힘으로 빛을 보다 빛나게 하고, 크게 하며, 빛과 자신을 일체화합니다. 마치 빛 속으로 뛰어드는 마음을 가집니다. 그때 머릿속은 빛으로 가득 찹니다. 이렇게 개발된 제3의 눈은 의지의 힘에 의해서, 감각세계에서 전혀 감지할 수 없는 일체의 현상을 영화의 화면처럼 빛의 스크린에 환영으로 전개시킬 수 있습니다. 이 빛으로 자신의 내부를 비춰봅니다.

이것을 요가 경전에서는 "미간을 응시하면서 자아의 낙원을 보라."고 말합니다. 즉 참 자아를 본다고 합니다. 또 다른 경전에서는 "미간에 쉬와신의 자리가 있다. 그곳에서 마음이 정지된 상태가 삼매이다. 거기에는 죽음이 없다."고 말하기도 합니다.

적정한 에너지로 가라앉으면 잡념이 귀 밖에서만 맴돌다.

광명과 천국의 문은 어디에 있는 건가?
저 너머에 있는 것이 아니다. 지금 걷고, 서 있는
바로 이 순간 나의 길 위에 있다. 절대의 세계로 들어가기!
그것은 지금 바로 여기에, 있는 그대로 존재하는 것이다.

너와 나는 하나이다, 내 자신, 이미지의 반영인 당신 안에 있는 신에게
나를 낮추어 온몸과 마음으로 공경을 표하라!

그저… 바라보기

"기도는 신을 변화시키는 것이 아니라 '그대'를 변하게 만든다.
기도는 기도하는 자를 변화시키지 기도의 대상을 변화시키는 것이 아니다."
오쇼 라즈니쉬의 말이다.
기도를 할 때 머리를 숙이는 것은 이기적인 나를 낮추는 작업이다.
기도를 할 때 자신의 무지와 불완전성을 받아들이는 겸손함이 필요하다.
기도는 자기의 내면과의 대화이며, 진리의 말씀과 하나 되는 것이다.
기도는 마음의 경직된 근육을 이완시키고, 놓음, 버림, 비움,
바라봄의 철학을 완성하는 길이다. 기도는 마음의 평안을 찾는
영적 호흡이며, 내면을 밝히는 빛의 축제이다.
절대에 대한 완전한 몰입과 전념, 상념, 헌신, 신애(信愛)할 때만이
'현상적인 나'를 놓을 수 있다. 그것이 박띠 요가(Bhakti Yoga)이다.

신 앞에 인간들의 염원이 가지런히 참 많이도 쌓였다.
저 염원들을 다 들어주시려면 얼마나 피곤하실까?
신도 간암에 걸릴 일이다.
신은 신용불량자가 되었음에 분명하다. 복주머니가 바닥나서
카드로 카드깡 하고 계시지 않는지…

기왓장에 소원을 빌면 '마음먹은 대로'
이루어진단다. 다행이다. 잠시라도 신이 쉬실 수 있겠다!
기와불사로 도량(道場)이 장엄되어 중생들을 위한
공간이 되는 것은 공덕이다. 단지 그뿐이다. 나를 위한 소원이 아니라,
다른 사람들을 위한 보살심, 그것이 대승이다.

대복(大福)이란 복을 많이 받으라는 것이 아니라,
복 많이 지으라는 것이다. "복 많이 지으세요." 그래야 복을 많이 받는다.

행복이란 다행 행(幸)자에 복 복(福)자다. 다행(多幸)이란
뜻밖에 일이 잘되어 운이 좋음을 말한다. 복을 조금이라도 지을 수 있고,
받을 수 있다면 참으로 다행(多幸)이다. "참 다행이다." 그것이 행복이다.

그저… 바라보기

안주한다는 것은 요란하고 대단한 것을 필요로 하지는 않는다.
내 몸과 마음이 쉴 곳은 도처에 있다. 어디든 안주하기 나름이다.

"부자는 가장 많이 가진 사람이 아니라,
가장 적게 필요한 사람이다."
욕심과 욕망 없는 삶을 꾸려가라. 내적인 평화가 그때
온전하게 자리 잡는다.

깨끗이 단장하고 아낌없이 모든 것을 바쳐라. 기도하면
기쁨과 슬픔과 나의 존재마저 잊게 한다.

텅 빈 무념무상과 욕된 것을 참는 인욕바라밀(忍辱波羅蜜). 흐트러짐이 없는
선정(禪定)과 힘써 닦는 정진을 통해 얻을 수 있다.

빛은 반야의 지혜로 그늘을 사라지게 한다. 그래서 빛을
'햇빛 부처님'으로 부르고 싶다.

더 많이 소유하고, 더 높은 자리에 오르고, 더 많은 명예를 가지고,
더 많은 존경을 받고 싶다. 이런 것이 세상의 흐름이다.
안빈낙도의 삶이란 그런 세상의 흐름에
발 담그고 싶은 마음을 내려놓는 것이다.

진정한 쉼터란 마음을 내려놓을 수 있는 곳이다.
"아르타(Artha, 재산)를 추구하는 것을 부끄러워 말라."
다만 필요한 만큼만 가져야 한다고 가르친다.
더 가지려 하면 탐욕이라고 한다.
안분지족하며 사는 게 쉽지 않다. 마음공부란
그런 마음의 작용을 매순간 자각하고, 바라보고, 멈추고, 놓고, 비우고,
버리는 것이다.

먼 산을 조금씩 물들이기 시작하는 싸한 서글픔. 구름이 빛을 감싼다.
아니, 우주 속으로 빨려들고 있다. 시간이 여기에 머문다.

그저… 바라보기

비운다는 생각도 비워버리고

여명에 지리산 아슈람 호숫가를 거닌다. 잔잔한 호수의 수면에 유입된
물길의 흔적이 보인다. 어둠 속에서도 물길의 흔적은 고요하게
자기 자신을 드러내고 있다. 그 흔적도 어느 사이에 보이지 않게 된다.
각인된 흔적이 아름답다.
우리네 마음에 숨겨진 상처의 흔적이 저렇게
각인되어 흐르고 있다. 저 깊은 곳에서 나를 슬프게 하는 상처이지만,
내가 누구인지 드러나게 해주는, 나를 바라보게 하는 상처이다.
상처는 숨기면 숨길수록 커진다. 밖으로 드러내어 그것을 관조하는 사이에,
그 상처도 어느 틈에 치유가 된다. 각인된 상처마저 아름답다.

고요히 물에 떠있는 백조의 고요함. 수면 아래 보이지 않는 백조의 발은
쉴 새 없이 움직인다. 우리의 삶은 고요함과 함께
매순간 쉴 새 없이 기지개를 켠다. 부지런함은 요란하게 드러나는 것이
아니라, 고요히 진행되는 것이다.

미소는 그저 그러하게 피어오르는 것이다. 말로 전하지 아니하고,
마음에서 마음으로 전하는 이심전심,
염화시중(拈華示衆)의 미소가 입꼬리를 올린다.
가장 아름다운 이는 언제나 입가에 미소를 머금는다.

그저… 바라보기

웃음은 그 누구에게나 아름다운 것이다.
그래 웃자. 세상에 웃을 일이 많았으면 좋겠다.
그렇다고 우스운 사람이 되어서는 아니 된다.

사막에 가면 낙타를 만날 수 있다. 세상을 보고 웃는 낙타처럼
모두 어린왕자가 된다. "사막이 아름다운 건 어딘가 우물이 있기 때문"이라고
어린왕자는 말한다. 우리네 인생의 감로가 담긴 오아시스는
어디에 있는 걸까? 보이지도 찾지도 못하게
우리 자신의 깊은 내면에 숨어 있다.
사막은 우리 자신을 발가벗긴다. 오아시스가 있어
사막이 아름다운 것이 아니라, 발가벗겨진 우리 내면의 자연스런
본모습을 보여주기 때문에 아름다운 것이다.

더럽다고 무시당하고 아래를 향하고 있다고 보잘것없는 것 같지만,
모든 것이 한 발바닥 안에 있다. 나의 존재를 제대로 서게 만드는
반석(盤石)이 발바닥이다. 그런 발바닥 같은 삶이 나를 곧게 세운다!

흔적과 머묾

급하지 않은데도 발걸음이
나도 모르게 빨라지고,
중요한 차이가 아님에도
상대방의 말이 끝나기를
기다리지 못하고, 기다림은
짜증으로 여겨지며,
비어 있는 시간을 의미 없게
느끼곤 합니다. 가만히 있어서는
안 되고 변화해야 한다는
강박관념이
바로 그것입니다.

그저… 바라보기

흔적과 머묾

바보가 되는 것을 두려워 마십시오. 울퉁불퉁 못생긴 나무이기에 잘려서 가구가 되지 않고 오래 살아남을 수 있듯이, 바보가 되면 나를 해치려는 적이 생기지 않습니다. 잘려나가지 않고 살아남은 나무는 큰 나무가 되어 마을 앞 이정표가 됩니다. 그늘을 만들어 사람들에게 휴식의 공간을 만듭니다. 바보처럼 살아도 언젠가 어느 곳에서 반드시 필요한 존재가 되어 있습니다. 장자는 이것을 일컬어 '무용(無用)의 용(用)'이라고 이야기합니다.

시간에 얽매인 영원, 공간에 얽매인 무한. 영원 속의 이 시간도 영원 속에 있기에 영원의 찰나, 무한 속의 이 공간도 무한 속에 있기에 무한의 한 지대, 그것이 시공(時空)이 어우러진 자연이라고 생각합니다.

염소는 위로 뛰는 습성이 강해 언제나 오르려 합니다. 그래서 절벽을 잘 탑니다. 정상에 올라서고서도 그 습성 때문에 뛰어오르면 낭떠러지로 추락하고 맙니다. 우리네 인간도 위로 오르려 하지 내려서거나 그 자리에 머무르려 하지 않습니다.

멈출 줄 아는 이는 그 자리에서 영원히 존재할 수 있습니다.

급하지 않은데도 발걸음이 나도 모르게 빨라지고, 중요한 차이가 아님에도 상대방의 말이 끝나기를 기다리지 못하고, 기다림은 짜증으로 여겨지며, 비어 있는 시간은 의미 없게 느끼곤 합니다. 가만히 있어서는 안 된다. 변화해야 한다는 강박관념이 바로 그것입니다.

래리 도시는 이를 '현대인이 앓고 있는 시간병(time sickness)'이라고 표현합니다. 시간이 계속 달아나고 있다는, 시간이 충분하지 않다는, 뭔가 더 빨리 가야 한다는 강박의 마음을 표현한 말이겠지요.

♥

이제 느림과 멈춤은 우리에게 왠지 모를 불안과 무가치함으로 다가오기도 합니다. 나태가 아무것도 하지 않고 방치하는 게으른 상태라면, 멈춤은 삶의 매순간을 구석구석 느끼기 위해 속도를 늦추는 적극적 선택입니다.

한 시간을 하루같이, 하루를 한 시간같이 살아야 합니다. 하루를 일 년같이, 일 년을 하루같이 사는 지혜를 배워야 합니다. 서두르다 잃어버린, 머뭇거리다 놓쳐버린 시간의 흔적들이 거기에 있습니다.

마음이 바쁠 때는 위빳사나 명상에 들어 보십시오. 다른 말로는 통찰명상, 알아차림 명상, 마음챙김 명상이라고 합니다.

위빳사나(Vipassana)는 'Vi(분리하다, 쪼개다, 관통하다)'와 'Passana(관찰, 식별, 봄)'라는 말의 합성어입니다. 나누어 알아차리는, 꿰뚫어 보는 지혜를 열게 합니다.

♥

'알아차림'은 비판단적, 비분석적이어야 합니다. 어떠한 사전지식이나 선입견, 또는 욕구를 가지고 외부 대상과 현상을 판단, 비교, 상상 등을 하지 않으며, 어디에도 편향되지 않고 있는 그대로 주시하고 관찰하는 것입니다. 또한 마음의 작용 자체를 있는 그대로 분별심 없이 알아차림(awareness) 합니다. 또는 어떠한 마음의

그저… 바라보기

작용이라고 해도 그것에 빠지지 않고, 떨어져서 관조할 수 있어야 한다고 할 수 있습니다. 즉, '알아차림'은 지금 여기에서 매순간의 마음 현상을 명확하게 알아차리는 것을 말합니다.

위빳사나 명상에서 알아차림의 대상은 4가지입니다. 이것을 사념처(四念處)라고 합니다. 사념처에서 염처란 빨리어(Pali)로 사띠빳타나(Sati-Patthana)입니다. 사띠(Sati)는 '알아차림', 빳타나(Patthana)는 '밀착, 접착, 머묾'의 뜻을 갖습니다.

사념처는 알아차림의 4가지 대상입니다. 그 대상은 신(身)념처, 수(受)념처, 심(心)념처, 법(法)념처의 4가지로 구성됩니다. 현대적인 개념으로는 각각 감각(sensation), 느낌(feeling), 마음의 상태(states of mind) 및 정신적 요소(mental elements)로 표현할 수 있습니다.

감각은 몸을 통해 경험하는 것으로서, 시각, 청각, 후각, 미각, 및 촉각 등 오감으로 구성되며 여기에는 몸의 움직임에 따른 감각도 포함됩니다. 느낌은 쾌(樂, 즐거움), 불쾌(苦, 괴로움), 그도 아닌 느낌(非苦非樂) 세 가지입니다. 마음 상태는 탐욕, 성냄(분노), 어리석음, 산란함, 넓은 마음, 우월한 마음, 고요한 마음, 해탈한 마음 등이 있고 없음에 대한 대비되는 마음. 이렇게 여덟 가지로 구분합니다. 정신적 요소에는 오개(五蓋), 오취온(五取蘊), 육입처(六入處), 칠각지(七覺支) 및 사성제(四聖諦)를 포함합니다.

위빳사나 명상은 자기 자신과 세계를 '있는 그대로' 보는 훈련입니다. 과학적 앎이 아니라 체험적 앎으로 이끕니다. 즉 지금 여기에 깨어 있기 입니다. 지금 여기에 알아차림 하는 것입니다. 자기 자신을 객관적으로 바로 보는 훈련이기도 하므로, 자기 자신을 좀 더 잘 이해하게 됩니다. 뿐만 아니라 그 과정에서 여러 가지 습관적인 그릇된 사고 및 행동체계로부터 벗어나게 되어 심리적으로 성장되게 됩니다. 자가 심리치료입니다. 마음의 정화, 주의 집중 훈련이 이루어지게 됩니다.

궁극적으로는 위빳사나 명상을 통해서 삼법인(三法印)인 무상(無常), 무아(無我), 고(苦)를 깨우치는 것입니다.

위빳사나 명상에 몰입하십시오

1단계 : 편하게 앉아 명상자세를 취합니다

편안하게 앉아 명상자세를 취합니다. 등과 목을 꼿꼿이 세워야 합니다. 눈을 감고 혀끝을 입 천장과 이가 만나는 곳에 살짝 붙이고 호흡은 자연스럽게 놓아 둡니다. 가능한 한 움직이지 않는 게 좋습니다.

2단계 : 호흡(들숨/날숨)을 관찰합니다

매순간 자연스럽게 들어오고 나가는 호흡(들숨/날숨)을 관찰합니다. 호흡에 따라 배가 나오고 들어가는 것을 주시합니다. 눈을 감고서 배꼽 약간 윗부분을 주시합니다. 또 코끝에서 호흡의 들어옴(들숨)과 나감(날숨)을 바라봅니다.

이것은 집중법이 아닙니다. 호흡을 주시하고 있는 동안에 많은 잡념이 정신을 산란하게 만들기도 합니다. 무엇인가 다른 것이 떠오를 때에는 그것을 거부하지 마십시오. 다시 호흡을 주시할 수 있을 때까지 그냥 내버려두십시오. 사념, 감정, 판단, 몸의 감각, 외부세계에 대한 인상 등이 떠오르면 그것을 거부하거나 휩쓸리지 말고 그냥 내버려두십시오.

중요한 것은 주시의 과정 자체이지, 얼마나 많은 것들을 주시하느냐 하는 것이 아닙니다. 그러니 어떤 일이 떠오르든 거기에 동화되지 마십시오. 부드럽게 호흡을 주시하는 것으로 다시 돌아만 가면 됩니다.

호흡 알아차림은 집중의 힘을 증가시켜줄 뿐만 아니라, 여러 가지 마음의 작용을 관찰할 수 있게 해줌으로써, 마음의 작용에 빠지지 않고 비판단적으로 관찰하도록 해줍니다. 또한 더 나아가 마음의 내면에 있는 여러 가지 것들이 자연스럽게 올라오고 내려가는 것을 있는 그대로 관찰할 수 있는 기회를 제공해줍니다.

1단계 : 발이 땅에 닿는 것을 주시합니다

천천히 자연스럽게 걸으면서 발이 땅에 닿는 것을 주시합니다. 발이 땅바닥에 닿는 것을 느낍니다. 원을 그리며 걷거나 일직선으로 걷습니다. 일직선으로 걸을 때에는 10보에서 15보까지 앞으로 전진하다가 다시 되돌아옵니다. 눈을 내리깔고 몇 발자국 앞의 땅바닥을 바라봅니다. 걸음을 옮길 때마다 발이 바닥에 닿는 그 감촉에 집중합니다.

2단계 : 걸음을 알아차립니다

걷는 동작, '다리를 듦, 다리를 뻗음, 다리를 놓음'을 알아차립니다. 다른 잡념이 들어오면 그대의 관심이 어디에 가 있는지 지켜봅니다. 그런 다음 다시 걸음걸이에 주의를 기울여합니다. 좌선과 같은 방법으로 하되, 다만 주시의 대상이 다를 뿐입니다. 15분에서 30분 동안 걸음을 계속합니다.

내 인생의 흔적이란 내가 언제, 어디서,
어떻게 서 있느냐에 따라서 달라지는 것이다.
나와 함께하는 그림자가 미쁘고. 동반의 길이 아름답다.

고양이가 땅속으로 사라진다. 그래도 흔적 없이 사라지진 않았다.
누구나 흔적은 남기게 되어 있다. 그것이 업(業, Karma)이다.

유리나 거울의 표면이 볼록할 때와 오목할 때, 길어 보이거나 짧아 보이듯,
유리나 거울에 비친 상은 실제를 그대로 반영하지 않는다. 거울에 비친
나의 모습도 실제의 내가 투영된 현상일 뿐 진정한 실체가 아니다.
눈에 보이거나 마음에 그려지는 사물의 형체는 실제의 모습이 아니다.

귀는 언제나 열려 있어 닫도록 만들어지지 않았지만, 입은 언제나
열고 닫을 수 있게 되어 있다. 귀는 언제나 열어놓는 것이
자연스러움이며, 입은 가능한 닫아놓는 것이 자연스러움이다.
귀는 열어놓으려 애쓰지 않아도 열려 있다. 하지만 입은 닫으려 애써야 한다.
왜 다들 귀는 애써 막아놓고, 입은 헤~ 열어 놓고 있는가.

습(習, Vasana)과 업(業, Karma)이란 소리 없이 쌓이는 것이다.

고기를 구워 먹으면 옷에 고기 냄새가 밴다.

파도가 부서진 흔적, 모래사장에 새겨진 진한 바퀴자국 위로

밀물과 썰물이 여러 번 지나가도 그 모습이 사라지지 않는다.

까르마란 살아온 흔적이다.

절실함이란 그 누구도 그 상황이 되어보지 않고는 '그냥' 말해서는 안 된다.

'달관'과 '체념'은 온전히 다른 것이다. '달관'은 할 수 있음에도

적극적으로 놓는 것이고, '체념'은 할 수 없어서 어쩔 수 없이 소극적으로

놓아버리는 것이다. 달관은 즐거움이 따르고, 체념은 고통이 따른다.

달관했을 때, 지금 현재에 머문다.

"서당 개도 3년이면 풍월을 읊는다!"

그것은 서당 개가 귀를 열어놓았기 때문이다.

귀를 연다는 것은 내 마음의 소리, 양심의 소리를 듣는다는 것이다.

입속에 에고가 가득 들어 있으면 양심의 소리를 듣기 힘들다.

텅 빈 마음으로 입을 닫고, 텅 빈 마음으로 귀를 열라.

남의 말을 들을 때는 양쪽 귀로 받들어 존중해서 들어야 한다. 그렇지 않으면

한쪽 귀로 흘러버린다.

화엄사 가는 들녘에 양귀비밭이 끝없이 펼쳐져 있다.

양귀비는 아편 성분이 있어 습관성이 강한 중독을 일으킨다.

"쳐다보는 남의 집 애꾸눈은 보여도, 내려다보는 자기 집 양귀비는

못 본다."라는 속담을 떠올린다. 사람도 마찬가지이다. 자기보다 낮은 자리에

있는 훌륭한 아랫사람은 보지 않고, 자기보다 높은 자리에 있는

못난 윗사람만 보려고 한다. 아첨으로 출세를 탐내는 사람들이 특히 그러하다.

강한 자 앞에서 약하고, 약한 자 앞에서 강하면 안 된다.

어둡고 식견이 좁은 사람들이 하는 '짓'을 따라하면 바보다.

비운다는 생각도 비워버리고

풍족함 속에서도 목이 마르다. 그 풍족함이 오히려 영혼을 말려 죽인다.
영성을 추구하기 위해 언제나 목이 마른 이들이 많다. 영성은 이미 내면에
존재함에도 외부에서 채우려 하기 때문이다.
갈증 해소의 샘물은 이미 우리의 내면에 있다. 그 샘은 마르지 않는다.

탐욕의 넓이는 바다와 같다. 끊임없이 마셔도 양이 차지 않고
갈증만 더한다. 마음의 넓이도 바다와 같다.
끊임없이 채워도 채워진 것 같지 않고 허전하기만 하다.
물 속에서도 목이 말라 죽을 텐가?

사람은 '물'이다. 70%가 물로 구성되어 있다.
누가 자신을 '물'로 본다면 감사해야 할 일이다. 제대로 봐주고 있으니까.
물은 모든 것을 맑게 정화한다. 언제나
아래로 흐르며 자기를 주장하지 않고 늘 주변을 비켜 흐른다.

그저… 바라보기

한 방울의 물이라도 끊임없이 떨어지면 바위를 깬다. 한 방울에 놀라운
잠재력이, 힘이 내재해 있다.
명경지수처럼 맑은 수면은 나를 비추어볼 수 있게 한다. 자기성찰이다.
노자는 "도를 도라고 말할 수는 없지만,
굳이 도를 말로 하라면 물이라 하겠다." 라고 했다.
물인 인간은 '도' 자체이다.

담쟁이가 벽을 오른다. 절망의 벽, 넘을 수 없는 벽, 어쩔 수 없는
벽이 아니다. 앞으로, 위로 나아가는 발판이다.
서두르지 않고 천천히 그 벽을 넘는다.
깊게 쌓인 마음의 벽도 서두르지 않고 인내를 가지면
넘을 수 있다. 너와 나 사이에 놓인 그 벽을 넘자. 내가 넘어가든,
네가 넘어오든… 그 벽은 사라지고 하나가 된다.

저 멀리 있는 나뭇가지 끝이 붙은 것처럼 보인다.
만나야 할 이는 반드시 만나게 되어 있다. 비록 평행선상에 서 있을지라도
만남은 언젠가 실현된다.

자전거를 탔다. 바람에 살갗을 스치는 느낌이 너무도 부드럽다.
그냥 하늘로 고개를 쳐들고 싶다. 하늘과 맞닿은 길로 내쳐 달리고 싶다.

만나지 못 해도 곁에 있는 존재, 가슴과 함께하는 이가 있다.
아련한 그리움 속에 있어서, 눈을 감으면 보이는 사람도 있다.
함께하는 의식의 공유만큼 더 큰 희열은 없다.
보이지 않는 곳에서도 서로의 향기를 맡을 수 있는
그런 사람이 되어 보자.

일탈, 자유, 유희! 자유로운 영혼의 소유자들.
세상의 모든 틀에서 벗어난 자유로운 모습들. 사진 한 컷으로
히피들의 망중한을 훼방 놓았더니 맥주 한 잔 사란다.
나도 내 문신을 찍으라고 보여주었다. 서로 한 잔씩 샀다.
소통하고 공감하고 공유하는 것은 그리 어려운 것이 아니다.

죽어가는 연습이 오늘을 사는 최선일지도 모른다.
세상살이에는 더 높게 사는 사람도, 더 낮게
사는 사람도 없다. 단지 죽음을 향해 먼저 가는 사람과 나중에 가는 사람이
있을 뿐이다. 자기 길을 걸어갈 뿐, 틀린 길을 가는 것은 아니다.
우리는 같은 곳을 향해 서로 다른 길을 가고 있을 뿐이다.
그 서로 같은 곳이란 해탈과 영생과 행복일 수 있지만, 죽음이기도 하다.

하나의 석판을 조각하여 만든
창살무늬! 이음새가 없다.
끊어지지 않는
이음새로 그대의 손을 잡고 싶다.

우리네 삶은 살아가고 있지만
죽어가고도 있다. 삶이 곧
죽음이요, 그 죽음이 곧 생명이다.
삶은 죽음을 향한 행보이고,
죽음은 또 다른 삶의 행보인 것을.
아무리 깊게 수행한 현자라도
삶에 대한
애착과 죽음에 대한 공포는
끊기 어렵다 하였다.
살아 있는 한 짊어지고 가야 할
숙명적 고(苦)와 업(業)이다.

그저… 바라보기

죽으러 가는 도시, 바라나시!
화장터, 삶과 죽음이 공존한다. 인도인들에겐 삶의 마지막 여정이고
육신의 휴식처이지만, 멀리서 바라보는 이방인에겐
그저 관광지일 뿐이다.

인도에서는 부모님께 바라나시의
'죽음을 기다리는 집'에서 기거할 수 있도록 노잣돈을 주는 자식이
가장 멋진 효자이다. 한 구의 시체를 태우는 데 드는 나무 값이
2,000루피(6만 원 정도). 돈이 없어서 화장을 못하는 서민은 수장(水葬),
조장(鳥葬), 매장(埋葬)으로 대신한다.

이승과 저승을 이어주는 유일한 길! 그것은 관심과 기억이다.
그것밖에 할 수 없는 것이 살아 있는 이의 슬픔이다.
죽음도 삶의 연장선일 뿐이다. 인도의 화장터에선 누구도 슬퍼하지 않는다.
살아가는 것의 목표점이자 종착점은 죽음이다.
살아가고 있지만, 죽어 가고도 있다. 뭐 그리 급해서
바삐 앞으로 달려가려 하는가.
그저, 바라보라. '참 나'를…

인생 교통표지판!

삶이 나아갈 길을 교통표지판에서 읽는다. 도로는 표지판을
따를 때 질서가 유지된다. 질서를 지키면 남도 편하지만
나도 편해진다. 그 표지판대로 갔을 때 옆길로 새지 않고 목적지에
다다를 수 있다. 지키지 않으니 사고가 난다. 인생의 행로에도
표지판이 있다. 법과 윤리, 경전(Sutra)이 생의 이정표다.
생이 부드럽게 흘러가려면 이정표를 지켜야 한다. 지키지 않으니
고통과 번뇌가 생긴다. 삶의 이정표를 지나치지 않도록
나를 운전하는 모든 순간에 전방주시를 철저히 할 일이다.

횡단보도 _ 삶의 여정에는 건너야 할 건널목이 참으로 많다. 천천히 여유롭게 기다리고 신중하게 발을 내딛자.

 어린이보호 _ 때로는 주변 사람의 안내와 도움을 받아야 한다. 나보다 약한 사람들은 내 도움을 기다린다. 그들에게 따뜻한 손길을 보내라.

노인보호 _ 늙어서 손잡고 갈 인생의 반려자가 있다는 것은 부럽고 아름다운 일이다. 서로에게 의지할 수 있는 삶의 지팡이가 되라.

 회전교차로 _ 돈은 돌고 도는 법! 어차피 도는 것이기에 영원히 잡고 있을 수는 없다. 내 앞에 왔을 때는 잡고, 놓아야 할 때는 놓아야 한다. 내가 한 일은 결국 부메랑이 되어 다시 내게로 돌아오는 법이다.

전용도로 _ 전용은 익숙하고 빠르고 편하다. 나만의 전문성을 개발하고 노하우를 숙지하라.

 좌우회전 _ 인생 갈림길에서 선택은 나의 몫이다. 선택을 했으면 최선을 다하는 것만이 숙제로 남는다. 선택의 결과에 후회하거나 집착하지 말고 스스로 책임을 지면 된다. 때로는 우회해야 할 때도 있는 법. 그저 앞으로만 가려 하지 말고 유연하게 대처하라.

 진행방향별 통행구분 _ 갈 길은 제대로 가라. 갈팡질팡하며 다른 길과 혼동하여 이곳저곳 기웃거리지 말라. 내 일에 최선을 다하라. 그것이 타인과 함께 도반으로 걸어갈 수 있는 방법이며, 서로를 인정하고 받아들이는 길이다. 서로 다른 길을 갈 뿐, 틀린 길을 가는 것은 아니다. 서로를 인정할 때 아름다운 동행이 된다.

 비보호좌회전 _ 인생은 무방비 상태이다. 언제나 깨어 있으라.

직진 _ 수행정진 할 때는 두리번거리지 말고 앞으로만 달려라.

유턴 _ 머리를 조아려 진심으로 사과해야 할 때도 있다. 아닌 일에는 단호히 돌아설 용기가 필요하다.

유턴금지 _ 지나간 순간은 되돌릴 수 없다. 인생의 노트도 일단 쓰고 나면 지우지 못한다.

일방통행 _ 뒤돌아서 갈 수 없다. 인생은 일방통행이다. 자기가 한 일에는 책임을 져야 한다.

진행방향 _ 수많은 길 가운데 하나를 선택해야 한다. 내 인생을 대신 살아주는 이는 없다.

 자전거 _ 좋은 환경에서 자라진 않았어도, 두드러진 이력이 없어도 내 두 발로 힘껏 페달을 밟자. 예정보다 늦어져도 도착하면 된다. 페달을 멈추면 자전거는 머지않아 넘어진다. 이 삶을 그렇게 넘어뜨릴 수는 없다.

 우측(좌측)차로 없어짐 _ 큰 손실을 입어도 살아 있는 한 돌파구는 있다. 잃어버린 것을 아까워하기 전에 남은 것을 제대로 살펴야 한다. 전보다 적게 남았으니 더 집중할 수 있어서 감사한 일이다.

 양방향통행 _ 전진할 때가 있으면 후퇴할 때도 있는 법이다. 이득을 얻을 때도 있지만 잃을 때도 있다. 희비를 있는 그대로 받아들이라. 오락가락하느라 힘을 빼는 건 금물. 각자의 길을 인정하자. 내가 나의 길을 가듯 상대방도 자기 길을 간다.

좌(우)로 굽은 도로 _ 겸손과 겸양이 나를 더 가치 있게 한다. 머리를 숙여야 할 때도 있다. 그것에 순응하라.

야생동물보호 _ 자연이 낳은 생명체가 공존할 때 인간 역시 존재한다.

 비행기 _ 여행은 삶의 활력소! 여행은 재충전이다. 또 다른 나의 발견이다. 비행의 이륙에 활주로가 필요하듯, 우리 삶에도 비상하기 위한 준비가 필요하다.

과속방지턱 _ 일에는 강약 조절이 필요하다. 원치 않는 일을 제어하는 턱도 필요하다. 인생은 방향이지 속력이 아니다.

도로공사중 _ 치울 것은 치우고 버릴 것은 버려야 한다. 놓아야 할 것은 놓아야 한다. 때로는 나의 길을 땜질하고 닦고 보수해야 할 때도 있다.

 양측방통행 _ 동행하다가도 서로 다른 길을 걸어야 할 때도 있는 것이다.

중앙분리대 시작 · 끝남 _ 뒤도 돌아보지 않고 갈라서고 싶을 때에도 뒤끝은 없어야 한다. 깨끗이 놓아주는 것이 서로를 위한 최선이다. 집착하지 말고 있는 그대로 받아들여라.

횡풍 · 낙석도로 · 위험 _ 인생이 궂은날을 맞거나 부서져 내리거나 커다란 위험에 직면할 수 있다.

 미끄러운 도로 · 노면 고르지 못함 _ 때로는 갈 지(之) 자로 비틀거릴 때가 있다. 평탄한 길을 갈 수만은 없는 법이다. 어렵고 피하고 싶은 길을 극복할 때 나는 성장한다.

 우선도로 _ 무엇부터 해야 할지 결정하라.

좌(우)합류도로 _ 함께 도반으로 걸어가자. 내 길을 내어주자.

좌(우)로 이중 굽은 도로 _ 내 주장만 고집하지 말고 피할 것은 피하는 유연한 자세가 필요하다.

오르막 · 내리막 경사 _ 내리막이 있으면 오르막도 있다. 실패할 때도 있고, 성공할 때도 있다.

 터널 _ 터널의 끝에서 밝은 빛이 기다리고 있다. 지금 어둡기만 하다고 낙담하지 말라. 멈추지 않는 한 밝은 세상이 눈앞에 드러나게 되어 있다.

도로폭 좁아짐 _ 한곳에 집중하여 에너지를 쏟아부어라.

우측방통행 _ 누군가가 비난의 화살을 쏘면 발짝 옆으로 비켜서라.

신호기 _ 무슨 일이든 조짐과 암시는 있다. 그것을 알아차리지 못할 뿐이다. 예의주시하라. 조짐을 놓쳐 일을 그르치면 번뇌만 쌓일 것이다.

중량 · 높이 · 폭 제한 _ 능력을 과대평가하지 말라. 분수를 알고 욕망의 무게와 크기를 줄여라. 내가 많이 차지하면 다른 사람은 적게 가져야 한다. 필요한 만큼 취하고 나머지는 남겨두어라.

 최저속도제한 _ 자연스런 흐름이 이어질 수 있도록 보조를 맞추어야 하는 때도 있다. 신중이 지나치면 머뭇거림이 된다. 그 한계점을 내려서지 말라.

최고속도제한 _ 너무 무리하게 달리면 엔진에 무리가 오듯, 나의 건강에도 적신호가 켜진다.

 차간거리확보 _ 조금은 거리를 두어야 객관적인 눈으로 볼 수 있다. 너무 쉽게, 빨리 접근하는 사람은 쉽게, 빨리 멀리 떠나기 마련이다. 어느 정도의 거리를 두고 관계를 유지하라.

 양보 _ 양보는 나를 즐겁게 한다. 양보한다고 바보 취급을 받는 것도, 늦어지는 것도 아니다. 이타행(利他行)의 마음으로 타(他)를 우선시하라. 양보는 자비이고 보시이며 보살심이다.

통행금지 _ 하지 말아야 할 것은 아예 발을 들이지 말아야 한다. 하고 싶다고 막무가내로 떼쓸 일이 아니다. 거기에는 길이 없다.

 위험물적재차량 통행금지 _ 주체할 수 없이 불타는 욕망은 자신과 주변까지 불태운다.

주차금지 _ 남의 자리에 머물 수는 없는 법이다. 남의 밥그릇을 빼앗아 무엇 하겠는가. 내 밥그릇만 챙겨도 인생은 살 만하다.

 정차금지 _ 잠시 머뭇거림이 오랫동안 흐름을 멈추게 만들 수도 있다. 결정했으면 머뭇거리지 말라.

그저… 바라보기

일시정지 _ 잠시의 여유를 갖자. 준비하고 챙길 필요가 있다. 돌아보는 시간을 가져야 제 방향으로 나아갈 수 있다.

좌(우)회전금지 _ 호랑이는 배가 고파도 풀을 먹지 않는다. 유혹과 불의 앞에 신념을 꺾지 말자. '썩어도 준치'라는 말이 있다.

 앞지르기금지 _ 남을 앞지른다고 성공하는 것은 아니다. 인생에는 '누가 더 잘하나?'보다 '누가 잘 어울리나?'가 중요할 때가 있다.

직진금지 _ 무조건 앞으로 들이민다고 만사형통하는 것은 아니다. 그 앞이 낭떠러지일 수 있다.

진입금지 _ 남의 사생활에 끼어들어 콩이네, 팥이네 하지 말라. 지나친 오지랖은 관계를 망친다.

 서행 _ 서두르지 말고 여유를 가져라. 그래야 주변을 살펴볼 수 있고, 즐길 수도 있다. 생은 삶의 길이기도 하지만 죽음을 향한 길이기도 하다. 서두를 필요는 없다.

 보행자보행금지 _ '저 인간은 영 아니야!'라는 말은 해서도 들어서도 안 된다.

기상 · 노면상태 _ 눈비가 내리는 궂은날이 있고, 한 치 앞도 보이지 않는 답답한 날도 있다. 포기하지 말라. 빗길과 눈길도 그저 길일뿐이다.

일자 · 시간 _ 상대를 기다리게 하는 것은 그의 시간을 훔친 것과 같다. 나의 시간이 소중하듯 상대의 시간도 소중하다.

견인지역 _ 인생이 송두리째 담보로 잡힐 수도 있다.

교통규제(차로엄수) _ 제 갈 길만 열심히 가라.

통행규제(건너가지 마시오) _ 선을 넘지 말아야 할 길과 상황이 있다.

해제 _ 꽉 막힌 것 같은 지금 상황도 해제되는 날이 반드시 온다.